엄마들

媽媽們

엄마들

清潔工媽媽與
她們的第二人生

馬榮伸 마영신 —著

徐小為—譯

FACES
PUBLICATIONS

目次

1. 我的名字叫李小娟

/06/15/ 日 ————

喂妳智商
會不會太低
要報警也是我報吧
還輪得到妳

上午 1:05

喂妳智商
會不會太低
要報警也是我報吧
還輪得到妳

上午 1:05

妳這掃屎水的婊子
不要再黏在鍾錫身邊
在我動手之前
快給我滾

上午 1:07

妳現在在哪?
我不會放過妳,妳這婊子。

我在
十字路口啊,
白癡。
妳給我在那待著
不准動。

我早上還要去工作呢,

真他媽不爽。
用力踏

砰

妳這婊子。

明天得去工作，
卻睡不著呢。

人也上了年紀……
這間房子就是我的全部了…

老後的生活都還沒個著落，
真是茫然……

我的人生……
大概就是氣太盛了吧。

從一出生開始，名字就取錯了。

戶籍姓名，李順心。
據說是在軍中去世的父親為我取的。

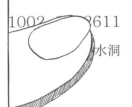

住民登錄證

李順心

1002- -3611

水洞

但我不喜歡這個名字，所以在生下
小兒子之後，我就開始過起
使用假名——李小娟的人生。

太年輕就嫁人，命真的不好。

我 20 歲的時候，娘家媽媽硬要讓我跟
孩子的爸爸相親，

我不想去
相親。

少廢話，
妳給我
嫁人去。

初次見面
妳好。

娘家媽媽第一次見到孩子他爸
就非常滿意。

我看到孩子他爸人長得帥，雖然也
暗自竊喜，但嘴上卻說不喜歡。

看起來很愛玩，
感覺人品很差。

閉上
妳的嘴。

但是孩子他爸卻特地從首爾下木浦來看我。

他大概對我很滿意吧。

點了烏龍麵,我卻因為害羞不敢吃出聲音,只能一口一口夾。

大口吸

噴噴

輕吸…

＊譯註：當時應為1980年代的韓國戒嚴時期。

看完電影出來,已經半夜12點了。

啊!已經到宵禁時間＊了!

他說,既然我們的父母也都認識,就交往吧。

我們牽手睡覺就好。

我很害怕。

真的只能牽手睡覺喔。

在他再三保證下,我們一起進了旅館,

那時候我緊張到發抖的樣子,真是清純到不行啊。

在旅館睡覺後過了 3 天，我就上首爾訂了婚，然後當天就在那間小小的套房裡展開了同居生活。

我的人生就是從那天開始走歪的。

泡菜鍋味道怎麼樣？

3 個月之後我懷了大女兒，來首爾剛滿 4 個月，婆婆就跑來說要帶我回鄉下。

孩子，一起到鄉下生活吧。

現在既然有了媳婦，我也該享點福了。

真的很不想走的。

我聽婆婆的話，和孩子他爸分隔兩地超過 1 年，過著在鄉下侍奉公婆的生活。

……真是悲慘。

鄉下又沒有電視，只要一聽到火車的聲音就會想起先生，心情總是非常糾結。

我懷孕 8 個月的時候，
公公去了一趟首爾，

您回來啦？

我無意間聽到公公和婆婆的對話。

這傢伙跟公司秘書
搞在一起，我賞了他
一巴掌才回來。

外遇…？

我真的很想死。

大女兒平安出生後不到 1 個月，
我就舉行了婚禮，搬回首爾生活。

哇哇

哇哇

因為沒錢付全租保證金 *，
只得跟公婆借了 70 萬韓圓，
才找到合適的房子。

老婆，
我們好好
生活吧。

你敢
外遇就
試試看。

我們憑著 9 萬韓圓的月薪生活 *，

老公，鄰居都說
我很節儉耶。

＊譯註：全租是韓國獨有的租賃方式，只要付高額保證金（通常為房價之 50～80%）給房東，便可在簽約期間內承租房屋。

＊編按：一塊韓元約為為〇·〇二四台幣。

我們搬了 5 次家，終於買了 29 坪，
有 3 個房間的房子。

其中 2 個房間租出去，最大的一間
則住著我們一家 5 口——3 個小孩、
孩子的爸和我。

就這樣精打細算地把辛苦錢都攢下來，
讓房客退了租，孩子們的房間也準備好了。

雖然生活很辛苦，卻也非常幸福。

但從小兒子出生之後，
先生就染上了賭博的習慣。

眞想把你手指折斷。

就說我眞的沒有，
眞的啦。

那時我有上教堂，只要丈夫超過午夜
都沒回來，

主啊……

我就會一邊哭著向天主祈禱，一邊等他。

而他柏青哥打著打著，
連女兒的鋼琴都賣掉了。

那是第一個不幸的
開始。

好不容易快還完了，
又有新的…又欠了錢…
就這樣還了 20 次債。

媽媽～

嗚哇～

每次出現新的債，就覺得我
快瘋了。

媽媽我
肚子餓。

我現在之所以會失眠，就是那時留下的病根。

我那時年紀小，不夠有智慧，
一心只想著要報復丈夫。

這裡是 XX 銀行，
想跟您電話聯繫
一下貸款的問題。

然後他玩牌一夜之間就可以輸掉
3 千萬韓圓，之後又是好幾千萬。

我會把全部
信用卡都
剪了。

我非常絕望。
在還柏青哥欠的債的時候，還想著
爲了孩子們無論如何都要努力活下去。

你去死！
我也不要
活了！

但替孩子們存的錢早就都拿去還債了，
所以撲克牌欠的債就爆了。

真是！

呀！
去死吧！

我真的很想死。

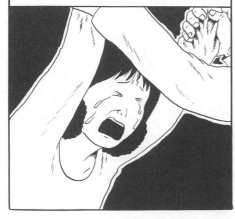

沒有力量去對抗丈夫，而孩子們和我的生計
也是一片渺茫。

小孩子
在看啦。

如果房子被法拍，就只能 5 個人
去外面找月租的房子了……

眼前一片
黑暗……

每到晚上我就開始研究。

該怎麼樣才能
和孩子一起在這個
家活下去呢……

21

丈夫把一切都推給我，
一個人在那呼呼大睡……

呼嚕嚕

呼嚕嚕

呴 呼呼

真想把他掐死。

鼾聲大作

欠上撲克牌賭債的 5 年之間，除了用
丈夫每個月百萬圓的月薪還債之外，
我沒有動用到他的一分錢。

喀嚓

你不要動。

喀嚓

某一天，經營酒店的朋友跟我聯絡。

妳要不要
來我們廚房
幫忙？

下午 4 點，我在通勤的車上望著漢江，
心裡只有一個念頭：到底什麼時候可以
把債還完，不用晚上出去工作呢……

我在朋友的店裡負責煮飯
給小姐、經理們吃，
也幫忙打掃和準備開店。

哎呀～
有點
太鹹了。

雖然很沒尊嚴，
為了孩子們我還是努力忍耐。

管他是教授還是什麼的，
男人只要一喝醉都是混蛋啊。

凌晨下班後，丈夫會開公司的車來接我，
節省車費。

我為什麼要活得這麼辛苦呢。

剩下的債還剩 1 千萬左右的時候，
我就不再晚上去上班了。

然後在我滿心想著報復丈夫的時候，

和朋友一起去學了社交舞。

於是我遇見了一個善良的男人，

我們交往的 6 年，他一直都對我很好。

* 譯註：在韓國指客群較為年長，可以喝酒唱歌的雅座酒吧。

23

現在回想起來
只覺後悔，很對不起
我們的孩子。

聰明的女人應該要對
丈夫好一點，一心想著
家庭才對……

那或許就不會離婚，
我的人生也不會變成
現在這個樣子。

我沒辦法原諒丈夫。

我想，如果要想辦法
理解他，那我大概會
生一場大病，現在就
可能不在這世上了吧。

雖然舞伴陪在我身邊 6 年……
但因為欠債的關係，
我最後還是厭倦了他。

妳怎麼啦？

我都快活不
下去了，什麼都
不想管了。

雖然我一度想以家庭為重，
回去重新好好生活，但丈夫已經跟
其他女人在一起了。

你爸跟那女的
現在過得好嗎？

不知道。

然後我們就離婚了。

已經獨守空閨
超過 10 年了吧。

2. 過肩摔

* 譯註：酒店的服務生會故意取明星的名字。

震動～

震動～

震動～

嗯，親愛的。

你現在要過來？
知道了。

他又喝酒了。

眞是。

喂，

叔叔要來,你安靜點。

關

真是。

都長這麼大了還沒個正經事做,整天待在家裡,真不方便……

我是在 10 年前遇見鍾錫的,在我第一次開始嘗試做酒店的時候。

唔嘟

歡迎光臨～

我對他的第一個印象就是花美男。

妳知道我為什麼會去妳們店嗎?

鍾錫說他在回家的路上看見我的屁股,就這樣跟著我走進店裡,才結了緣。

他是貧窮人家的長男,大學畢業,有個酗酒的父親。

那些個共匪*。

*譯註:「共匪」(빨갱이)不見得有政治上的意思,只是單純當成罵人的粗俗話。

雖然他現在的工作是夜店服務生，

我有很多當檢察官、律師的朋友，跟他們見面我也完全沒被比下去啊。

但年輕的時候曾經當過廣場酒店的室長，甚至還擔任過青瓦台的秘書。

那時候我還很風光呢。

雖然沒有證據……但他的確很聰明。

就是遇見一個不好的老婆，毀了我的人生。

怎麼就把大學那些好女人擺著，第一顆鈕扣開始就扣錯了呢……

她太喜歡我，整整2年都追著我跑，結果喝醉就不小心上了床……

然後就懷了我兒子，所以我才不得不跟她結婚。

我原本是想跟愛乾淨的聰明女人結婚過一輩子的。

看來他老婆沒有那樣啊。

現在的鍾錫和老婆過著和離婚沒兩樣的生活。

遇到我之前，據說他太太沉迷直銷，欠了8千萬韓圓。

唉，瘋婆子。

後來鍾錫發現他老婆還跟同學睡了。

我們是因為小孩的關係才這樣得過且過。

從那時候，這個男人就開始瘋狂酗酒。

遇見妳是我的安慰。

和他交往的5年，我很幸福。

我們對彼此很坦誠，沒有任何壓力。

跳吉魯巴手要這樣才對啦，親愛的。

雖然鍾錫說話過於直率，

妳還算是媽媽嗎？

妳為孩子們做過什麼？

啪

很細心又很善良，

這個拿去貼補醫藥費吧。

卻也很自私，
只知道自己的孩子。

不行，
我明天答應兒子女兒要去買東西了。

和我交往到現在，
也有幾個露水姻緣的女人。

前天和朝鮮族的女人睡了。

雖然我很受打擊，
努力想和他結束關係，

嗶

嗶

嗶

訊息
我們真的不要再見了

都是因為該死的放不下……

我在妳家門口。

知道了。

才一直交往到現在。

妳換玄關密碼啦？

兒子在家。

30

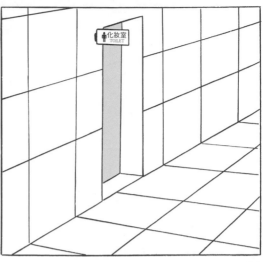

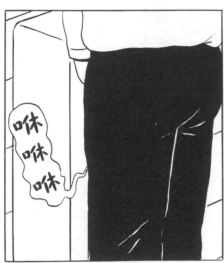

唉，真的很不想聽。

化妝室
TOILET

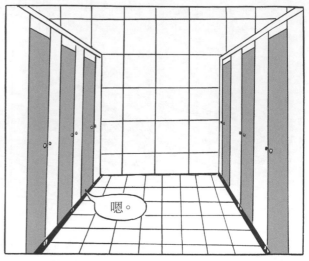
嗯。

我在上班。

慶雅那女人
每次都變來變去，
改東改西的。

啊算了啦！

等下8點在
白宮前見吧。

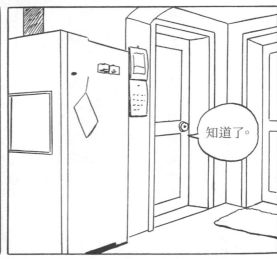

麵要糊了。

啊
等我弄完
這個。

呼

大口吸

......

麵要糊了趕快吃啦！

開門

好啦，
出去了。

真的是玩遊戲
玩瘋了。

遊戲只有偶爾玩而已啊。

搞什麼樂團音樂，都 30 歲的人了還一點存款都沒有，

只會整天窩在家裡打遊戲。

還跟女朋友分手，想要一輩子跟媽媽住在一起啊？

媽妳才是，不要再跟那個愛喝酒的男朋友交往了。

之前才喝醉跑來家裡，真是。

你給我安靜點。

說一些共匪什麼的……真是老古板。

你再多說一句試試看。想把你媽氣到血壓升高眼睛瞎掉嗎！

35

欸。

這是什麼意思啊？

慶雅

I wish you
the best of
everything
this year.

1:1 對話

我希望今年你所有事
都順利……
就是祝人今年順利啦。

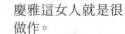
慶雅這女人就是很
做作。

把菜
放冰箱啊。

今天久違地要跟朋友們去夜店玩。

善變又做作的慶雅。

正在跟小男友交往的明玉。

經營員工餐廳的妍順。

還有我。
今天的成員就這 4 個人。

請到這邊。

我們只要來這裡，就會假裝自己的年紀至少了 10 歲，因為化了妝，又是晚上看不太出來。

您看起來大概是 45 歲上下吧…

呵呵。

這個圈子裡有很多詐騙或仙人跳的。跳舞的話基本禮儀要跳 3 首吉魯巴以上。

從前男人們只要拉住我的手，就會緊張地發抖。

那些詐騙的人和我這樣的女人，都會只跳 3 首就回去了。

您舞跳得很好，讓我很緊張呢。

因為他們要勾引天真的女人。

今天晚上要來火熱一下嗎？

偶爾會遇到這種很露骨的噁男。

那我就會起身離開。

一杯給他

乾

下去

因為覺得有種人格被汙衊的感覺。

真可笑。

在這個圈子混久了，好像就冒出公主病了。

其實我會跟朋友來這裡玩……

如何？

是為了讓鍾錫多賺點錢。

有多少年了呢……我去鍾錫工作的地方玩，在那裡第一次學會了過肩摔。

所謂的過肩摔，就是讓男人來妳這桌付錢的意思。

我為什麼要做那種事!?

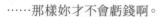

……那樣妳才不會虧錢啊。

一般要玩過肩摔的話，就要像這樣…

我是因為一個人生活太孤單了，才來這裡的。

噢…

在男人面前演戲才行。

那麼男人就會……

該…該不會?

冒出這種念頭然後去結帳。

但是一走到外面,我的態度就會
180度大轉變。

朋友有事……

不過我還是會去KTV
硬是唱個30分鐘左右。

歐巴請你只看我,
那麼那麼忙

只為了搭免費的計程車,
回到家後就迅速閃人。

下次見。

不過可不能隨便對
任何男人玩過肩摔。

我會付這桌的錢…

我們出去吧。

如果有長得很可怕的人想幫忙付錢,
我就會拒絕。

要仔細挑選這種個性單純的冤大頭
才行。

來一杯…

40

一般只要到了男人的桌子，我就能讓他們在 30 分鐘內付錢。

欸，他說要幫我們付了。走吧。

幹嘛這麼快走啊，妳真是。

朋友們想玩得盡興，

我卻只想趕快結帳走人。

因為不比從前有趣了。

我現在想活得更有格調一點，讓男人花錢也有點不舒服。

還不如一群女人的聚會來得有趣。

這就是老了的證據啊。

要是有錢的話，就可以我們自己暢快喝酒、跳迪斯可，好好大玩一場的……

♪哈 ♪哈 ♪哈♪

要是能活得正直一點，大概幸福和安穩都會近在咫尺吧。

所以說不能不聽老人言哪。

假如跟鍾錫分手了，我就不想
再跟其他男人交往了。

一定很孤單吧。

沒有戀人一個人過……

那個…

您好啊？

呵呵。

我真的很討厭又矮又禿，
頂個大肚子還散發臭味的男人。

您貴庚
呢……

還得回去追劇呢……

為了談個戀愛，
我這是在
做什麼啊……

42

3. 色色的閒聊

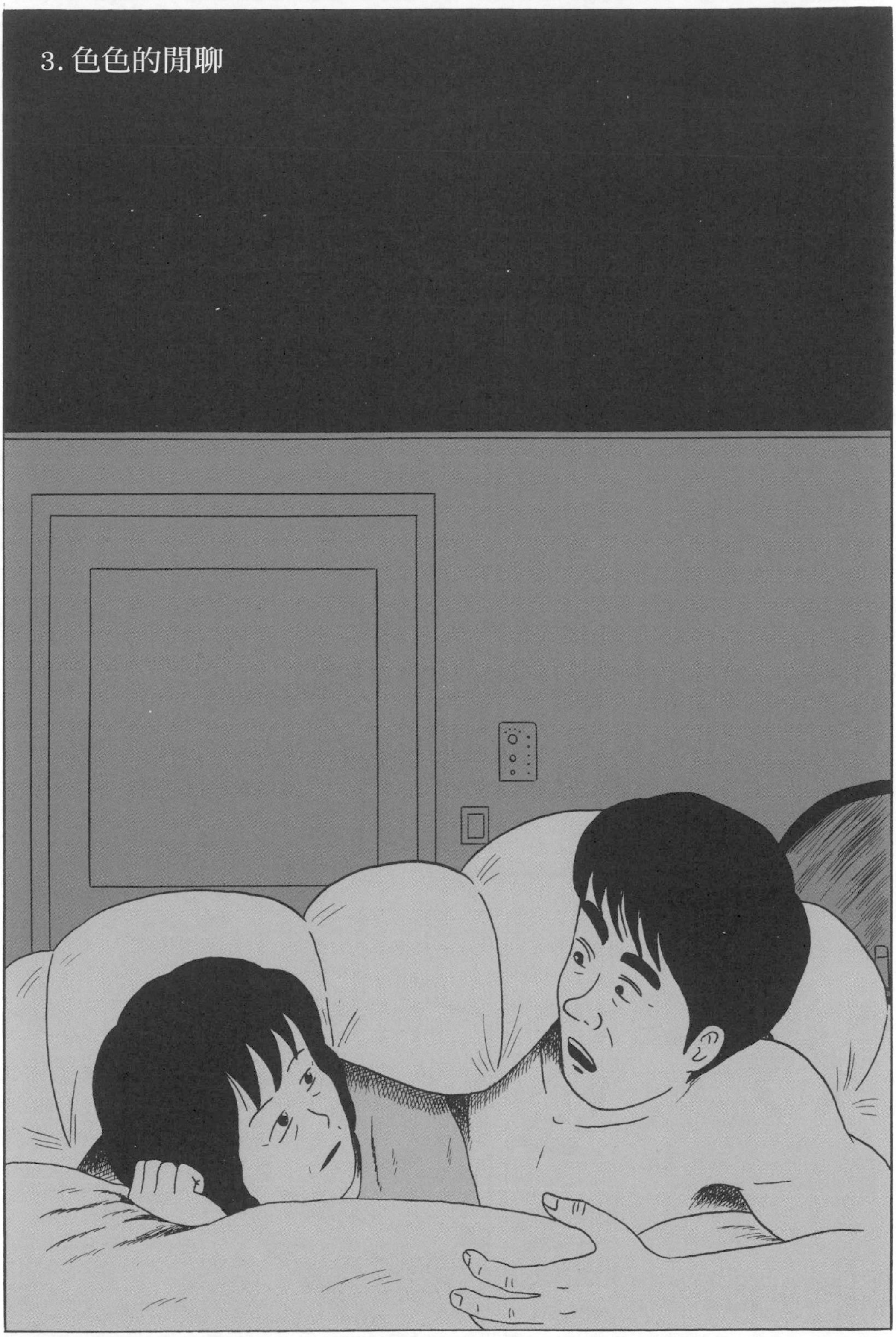

你樂團
還好嗎?

有在做。

你今天不出門啊?

幹嘛?

叔叔說
等一下會來。

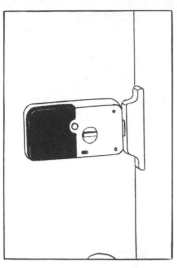
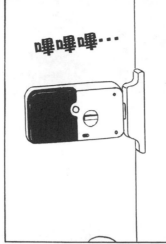

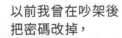

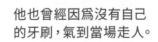

還在。

笑得
跟個孩子
一樣。

有一個 40 多歲長得很漂亮，胸部很大的常客，那個小姐說要跟我結婚。

然後呢？

我去了她家，有一大堆洋酒，整個家就像電視上那種宮殿一樣華麗耶。

但我不太喜歡，就出來了。

為什麼？

她屁股太小了。

神經病。

喂。

叔叔說他想聽這個。

你門不要關,放這個歌來聽。

什麼叫門不要關!我還要編曲耶。

你還不給我……

小聲一點?

真是

受不了你

捏嘴巴

捏

捏

你要少喝點啊親愛的。
要顧好自己的身體啊。

說到酒……

我以前跟一個女的去了汽車旅館，

卻沒有做，兩個人就只穿著內褲
一起喝到早上。

時間差不多了，那女的洗完澡
躺到床上，但我又出去買了酒，

再喝一杯
吧？

她看著我說怎麼有這種神經病，
然後就走了。

比起女人
還更愛喝酒哪。

我有講過
這個嗎？

曾經來了個看起來很清純，
40 歲出頭的女客人，

我們的服務生當天馬上就勾引她了。

不然等一下
跟我去外面
再喝一杯
怎麼樣？

結果聽說那個女的開著進口車，
把服務生載回了自己家。

上車吧。

她住在道谷洞的 80 坪公寓，
寡婦一個人帶著年幼的女兒生活，
聽說繼承了一堆遺產。

您要喝
什麼酒？

哇…

但他們在一起 1 個月之後，那個服務生就舉手投降了。

為什麼？

聽說她需求很大。

天哪。

這世上什麼事都有。

有些客人會在酒裡下藥，把女人帶進包廂廁所做那種事。

還有兩個女客人走進有黑道的房間，

結果聽說黑道門關起來，把她們下面的毛都拔光了。

尖叫

她們受害以後還是不敢站出來說話，店裡也怕影響生意，所以就不了了之了。

世界上真的有很多瘋子。

也有很多瘋婆子啊。

不久之前有女客人在包廂裡失心瘋，吃掉幾個服務生之後，

妳知道她說什麼嗎？

還有嗎？

瘋婆子，髒死了。

就算喜歡對方，至少要互相
了解超過 3 個月以上吧。

所以才說妳
很純情啊。

你現在
趕快睡吧。

我明天上早班。

知道了。

我先去個
廁所。

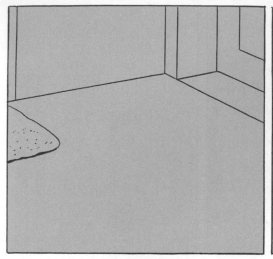

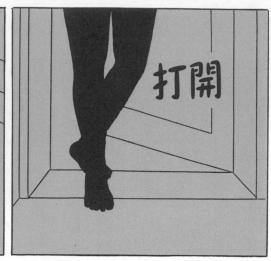
打開

搖搖 晃晃

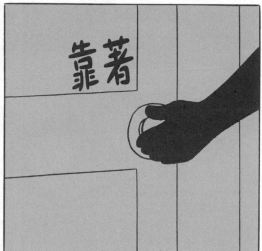
靠著

關
唉。

班長您好好
教導一下。

好的，
所長。

那我們走了。

嘖嘖。

那種女的就該
咳～呸！
吐一口口水
插進去才對。

妳男友長得很帥耶。
很高躰。

又在炫耀了。

妳們聽說昨天的事了嗎？

什麼事？

所長去年不是跟小他一輪
的女人再婚了嗎。
但他跟我說什麼

女人還是要有3個以上
才能滿足他。

他也對姊妳這樣說嗎？
真的只會練痟話耶。

之前他也一直騷擾在
這棟大樓工作的女生們。

55

一樓女廁
是誰掃的？

我跟玉子姊
一起掃的。

馬桶
都是大便，
再去掃一次
吧。

唉，氣死了。

來，上工吧。

姊，自從妳老公過世以後，
妳也一個人生活很久了吧。
我幫妳介紹新對象啦。

哎呀不用了。孩子都在啊。
介紹什麼……

唉，姊妳也
真是。

所長。

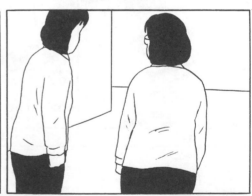

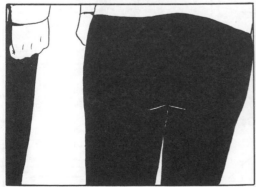

喧鬧

吵雜

喧鬧

震動—

震動—

道斌

喂?

喔,在忙嗎?

跟以前一樣啊,怎樣?

我現在在仙人掌……
妳能來嗎?

你不知道我在工作嗎?
怎麼了?

……

知道了,
我盡快過去~

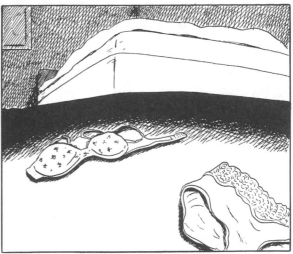

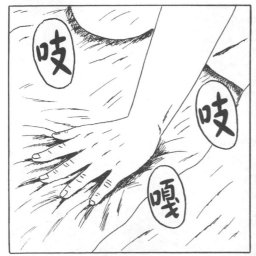

呃！

射了？

嗯。

唉早洩男…

給我 7 萬，我付完旅館錢就沒錢加油了。
幹嘛穿衣服？
民謠店老闆急著要見面，所以我得去一趟。
我先走啦。

空虛

我第一次見到歐巴的地方是在 LIVE 咖啡廳。

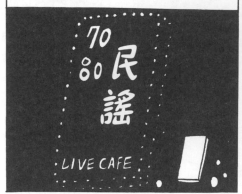

這是我 20 年前的第一張專輯，也是最後一張專輯裡的歌。

我那時還跟很多有名的女明星合唱，還以爲會紅的……
結果就是像現在這樣了。

哈哈，那麼爲各位獻唱下一首歌。

是我的錯。
我的心就這樣被歐巴唱歌的樣子騙走了……

就算是凌晨，只要歐巴叫我，
不管哪我都會去。

應該要
10 萬塊以上喔。

如果歐巴跟我借錢，連定存我都願意
解約。

我匯過去了，
你看一下。

等月底再一起還妳。

他曾經把我帶去酒家空無一人的
2 樓對我下手，我也什麼都沒說。

雖然知道歐巴除了我之外大概還有其他
女人，但我還是像著了魔一般瘋狂愛他。

誰一直傳訊息啊？

嗯，
認識的
後輩。
說要做
生意叫我
看看。

他都不牽
我的手…

你這三流歌手，我是你的充氣娃娃嗎，
借你的 5 百萬我就當成丟進糞坑，
以後去跟你住在江南的父母要零用錢花吧。

這個混蛋。

*譯註：韓文中取單純、無知、皮夾的第一個音合起來就是醃蘿蔔（단무지）。

喂

我喜歡單純、無知、皮夾錢多多的醃蘿蔔男*。

剛剛那混蛋把我叫去汽車旅館，

結果他做完就自顧自走了。

我現在真的厭倦男人了。

到現在交往超過 10 個男人的人在那講什麼鬼話。

妍順以前明明是個
單純善良的女孩子……

我光看他的臉
就覺得不是什麼
好人。

幹嘛跟那種下三濫交往呢。

欸，我就已經傳簡訊說要分手，
結果妳知道他打來說什麼嗎？

他罵我是不懂藝術又沒水準的女人，
還敢傳這麼下賤的內容過去，
然後我就說：

「媽的你這王八蛋」

「你就很高級嘛，高級到
年輕的時候唱首歌
就把一堆單純的女人
搞上床啊」

結果他就罵我臭賤婊，
罵一堆髒話。所以我講了
一句就直接掛電話了。

妳說什麼？

「你 20 年前那些被墮掉的小孩，
現在都巴在你吉他上面啦」

然後我就封鎖他了。

我的天哪～
哈哈哈

做得好。
爛人。

我的小男友說要來。

我先走囉～

神經病。

欸，我們去第 2 間
再喝幾杯吧。

我們要去
新沙洞。

我才講第1個就
笑成這樣不行啦～

走這邊
感覺好像就
回頭了耶…

哈哈哈,
您怎麼這麼
搞笑。

計程車司機看起來跟我年紀
差不多,口才像牛郎一樣好,
超越了一般的程度。

司機的眼神
往妍順那邊看,

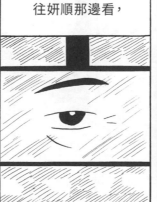

妍順也正望著司機。

天氣變得很冷吧？

冬天一來，我最先察覺到的不是身體，而是其他地方呢。

您是有哪裡不舒服……

我的心。

我的心為了離去的愛人感到寒冷哪。

哎呀…

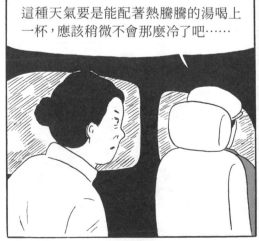

這種天氣要是能配著熱騰騰的湯喝上一杯，應該稍微不會那麼冷了吧……

那我們一起去喝一杯吧～

司機立刻決定下班，跟我們一起去喝酒了。

我大學讀的是
美國的…

約翰霍普金斯
大學政治系。

我原本在美國經營韓國料理事業，
今年把公司收了，回國之後一邊開計程車，
一邊從基層開始重新學起。

啊…

我是開餐廳的，最近在打高爾夫球。

就為了裝闊，講什麼根本
沒打過幾次的高爾夫…

沒有啦，
打得不太好。

計程車司機和妍順好像把我當成屏風，
兩個人相談甚歡。

妍順小姐，
敬妳一杯～

好好～

你們玩得愉快啊。

幹嘛，妳要去哪？

鍾錫約我在社區附近的解酒湯店見面，我就先離開了。

這女人真是沒有缺男人的時候哪。

妍順比較晚生小孩，她兒子還是小學生的時候，她就跟美術大學的教授外遇了。

跟叔叔打招呼啊。

您好。

妍順的戀愛實在很驚人。

砰

砰

秋季 運動會

拿出吃奶的力氣

70

悄悄…

被人家看到
怎麼辦？

誰會看啊？

可是…

人家都會以爲
你是我老公啦。

啊～

結果那一天，妍順外遇的事
傳遍了整個社區。

最後弄到協議離婚。

是你爸先在外面
有女人的。

71

妍順的問題就是很容易陷入愛情。

在那條
街上～
等妳～
我們～

才剛開始就願意向男人奉獻一切。

這個叫作何首烏，
聽說對頭髮很好。
還有這是……

而男人們就會很快對妍順感到厭倦，
開始失去興趣。

三流歌手　　廚師　　木工

妍順在那些男人那受了傷之後，
又會找到別的男人。

妍順小姐表面看起來強勢，
其實內心好像
很柔弱呢。

天哪！
沒錯。

看這女人挑的
男人…就知道
她沒什麼眼光，
真沒眼光。

血腸湯

血腸湯

歡迎光臨。

我看男人的
標準很高。

今天休假嗎？

身體不舒服，
今天請一天假。

那就在家休息啊，
幹嘛又喝酒。

我有話要跟妳說。

？

其實……

我 3 年前認識了一個開花店的女人。

那女的又是誰啊？

我跟她交往到
現在……

什麼？

我只是為了生意才跟那女人交往。

她叫我跟妳分手，說這樣就幫我
開一間花店。

我當然跟她說
我辦不到啊。

你這骯髒的人！

我說我跟她只是生意關係啊？

神經病。你立刻從我眼前消失。

唉。

好，就分手吧。

永遠不要再跟我聯絡了。

去找有錢的好男人交往吧。

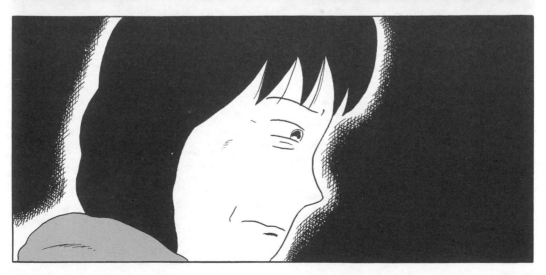

居然騙了我 3 年…
骯髒的賤人……
是我太蠢了。

5. 令人厭倦的情人

在爲了花店女人發火的時候，我在踏十里遇到了慶雅。

喂。

下午 2 點去可樂店＊，入場費只要 1 千韓圓。

本來是 2 千的……會不會是因爲很多老人啊？

很可疑耶…

大白天也玩得這麼開心哪。

已經學到恰恰恰的慶雅，在跳捷舞的空間興高采烈地開始搖了起來。

搖擺 搖擺

我沒有學恰恰恰和捷舞，只能無聊地站在跳吉魯巴的地方。

姊姊。

您好啊。

牽線的服務員大嬸帶來一個個頭很高的男人。

一二三四五六

這是 6 拍的直線舞步。

女生先伸左腳，男生先伸右腳。

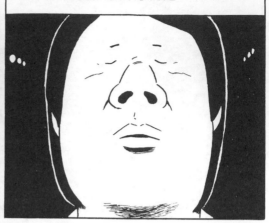

不過這男的不怎麼會跳。

更讓人受不了的是……

他鼻孔的氣很用力地朝我臉上吹來，
讓人不悅。

對不起。

我說完就離開了。

好久沒穿高跟鞋
出來玩，
腳底好痛。

5 點了…

總共跟 4 個人跳了舞，腳好痛，不想再跳了。

看到慶雅也站在那，我就叫她一起走了。

有點可惜耶，一起吃個晚飯吧。

就回家吧。

慶雅也真是，
比我還小氣啊。

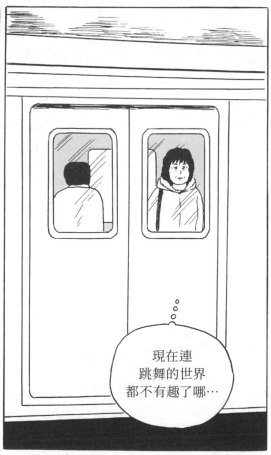

現在連
跳舞的世界
都不有趣了哪…

呃…

人生…

搖搖 晃晃

什麼？

下降

哎喲，您辛苦了。

轉頭

這是什麼人生啊…

幹

86

啊！

大叔您剛剛罵了髒話吧？

什麼？

您剛罵了髒話不是嗎。

我自言自語啊什麼罵！

我要依妨礙公務逮捕你。

什麼？幹你娘！

什麼事啊？

你先放開…

POLICE 警察

哎喲喂

壞蛋⋯

震動⟶

震動⟶

誰啊？這個時間打來。

震動⟶

⋯怎樣？

我在警察局，
妳現在趕快過來。

啊？

什麼!?

媽。

啊，來得正好。

你寫一下這個。

這是什麼？

不是，我男友被警察平白無故抓去，說要被罰 5 百萬。

那我爲什麼要寫這個？

目擊證人越多越好啊，你也去作證說你有看到。

我看都沒看，什麼叫有看到？

少廢話，快點寫名字和身分證字號。

在這裡蓋章。

啊這到底是怎樣。

反正就是一群壞蛋啦。

親愛的，
這給你喝。

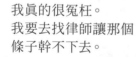

來。

那些混蛋。

他們就是靠著這樣抓老百姓好讓自己升遷的。

我真的很冤枉。
我要去找律師讓那個條子幹不下去。

加油，親愛的。
一定可以的……

嗯…

總之又再見面了，
真好。

92

鍾錫不知道是不是那天之後就戒酒了,一個禮拜都沒打一通電話過來。

哎喲,又死了。

唉,該睡了。

誰啊這麼晚了。

我早退,會去妳家。

我明天上早班,明晚見吧。

我明明叫他直接回去的。

這個男人卻又喝醉了過來。

93

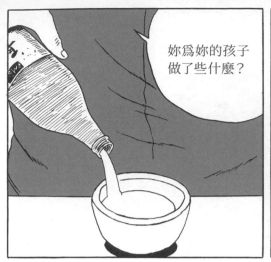

妳爲妳的孩子做了些什麼？

把家裡打掃一下啊。

只要一喝醉就老是講同樣的話。

算命的說我跟妳在一起就完了。

讓人越來越火大耶……

我爲什麼會害你完了！

神經病，回去啦！

……

鍾錫什麼話都沒說就走了。

我傳了簡訊。

嗶
嗶
嗶

真的不要
再見了

刪了他的號碼。

唉這男的
有病。

人家說真愛就會願意
付出一切，他又爲了我
付出過什麼呢。

我現在也不知道
到底還愛不愛了。

他對我好，我自然也會
對他好，但最近連
一頓飯也不請。

爲妳花錢
很浪費啊。

我也連花個1萬
韓圓都捨不得。

那女的從頭到尾都願意
爲我付錢耶。

遇到那有錢的花店女就變了。

••••••

就沒有什麼有錢的男人嗎。

我上了年紀，
眼光也高了，
跟這男的
永遠結束的話
應該會
孤單一人吧。

我也想你儂我儂地一起變老啊。

那些個共匪
又在什麼
燭火示威了，
嘖嘖。

人生不長了……應該爲了退休努力存錢才對……

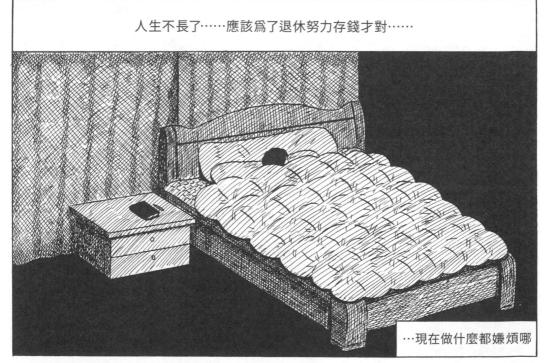

…現在做什麼都嫌煩哪

6. 日常

該睡了。

又要熬夜打遊戲啊。

我睡覺的時候，手機鈴聲半夜響了兩聲，斷掉之後又再次響起。

妳真的
愛我嗎

這個瘋子。
又在那喝酒。

我回覆了。

臉頰掛著兩行淚一邊打字……

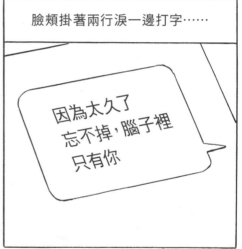

因為太久了
忘不掉,腦子裡
只有你

嗶 嗶

嗶

嗶 嗶

按

嗶哩哩哩～

你要先按星號
再按號碼啊。

鍾錫只要一喝醉就會忘了按星號，
所以老是失敗。

嗶
嗶
嗶

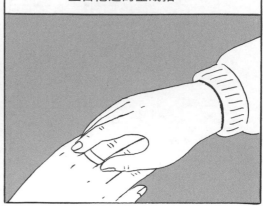

我會在那之間趕快戴上
生日他送的金戒指，

重新插上牙刷，

再幫他開門。

你喝
很多嗎？

他會一直發酒瘋發到早上 8 點。

一堆髒話

各種髒話

雖然不愛聽，但只要順著他的意。

嗯…
好喔。

他的表情馬上就開朗起來。

呃…該睡了。

喀嚓

你腸胃
還好嗎？

……

稍微酒醒之後，他就只會
一言不發地吃飯。

清醒的時候也多愁善感一點就好了…

像王子一樣高冷哪。

我兒子問我是不是有給妳錢。

眞是，你可是連一分錢都不願意花在我身上的人耶。

警察的事也還沒解決，我跟兒子的關係也很糟糕。

…妳眞的很會勾引人。

走了。

肉
豬頭肉
白血腸湯

什麼叫我很會勾引。我一心只想著你耶…

我也已經通知上午班了，那大家都確認過了，明天之前要交喔。

又要過年啦～

關

不是，為什麼我們一過節就要每個人出 2 萬送社長和所長禮物啊？

我們才應該拿到年節禮物吧，不是嗎？

對啊那樣才正常。

不就是為了讓他們不要炒我們魷魚、延長合約，得表現得好一點嘛。

就算很齷齪也沒辦法啊，唉……

煩死了，
又不能提意見……

要不要一起跟班長說一下呢……

就算跟班長講，
班長也是站在所長
那邊，沒用啦。

姊。

妳跟那個健身的
先生有變熟嗎？

怎麼變熟。
連話都沒說過。

姊妳先去
跟他打招呼，
搭話看看啊。

看有沒有
機會…

教練跟我說
他沒有女友，
而且一個人住。

太好了。

妳明天要不要
跟我去看電影？

怎麼突然要
看電影？

我女兒叫我偶爾也去約個會，給我
兩張電影票，但沒人陪我去看啊。

近視看不太清楚
字幕……

我也想變成這種充滿氣勢、
身材超好、臉蛋漂亮的女人。

妳看那個歐巴桑。
嚼 嚼

真胖耶。

那個女的……

在室內還帶什麼太陽眼鏡啊。

妳看那個人…

燕貞姊什麼都好，就是很愛說人的壞話。

妳跟妳男友還好嗎？

他啊，之前跟警察發酒瘋，
結果被警察罰錢了。

怎麼會？

哎喲不知道啦，真的煩死了。
現在再也不想看到他了。

怎樣？ 怎麼了？

他說除了我之外還跟另一個
開花店的女人交往。

真是，就靠
那張臉嘛。

他是說跟那個女人只是為了
生意才交往的。

說這種話就是
想要正大光明的
劈腿啊。

我也該去找
別的男人了，
真的受不了他了。

110

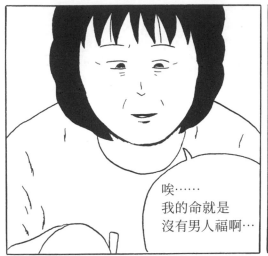

一開始交往的男朋友
對我真的很好……

唉……
我的命就是
沒有男人福啊…

媽，這個人是
上天賜給我的禮物。

既然小娟說想吃，
我就去當個金戒指換錢吧。

第一當鋪

當鋪

當鋪

現在回憶也不重要了……

好像到死為止
都只會想到
最爛的那個人而已。

我男友說除了他太太之外，
我是他交往最久的女人了。

所以就算花店女說要
幫他開店，他也沒辦法
跟我分手。

哈哈

欸，那妳男友
還算有點良心耶。

現在的男人哪，只要遇到機靈
又有能力的女人，原本的對象就會
被棄如敝屣。

那有什麼用，
他劈腿啊。

那妳至少
也還有男友啊。
羨慕啊羨慕。

叮鈴

最近難得看到妳耶。

是啊。

不過……

妳好像比之前胖了。

我嗎？

我體重還是一樣啊。

欸。

媽媽
很胖嗎?

7. 燕貞的單戀

奶奶，祝您新年快樂。

哎喲～

我的寶貝，已經這麼大了～

要出去抽根菸嗎？

好的爸。

一輩子忙著照顧丈夫和孩子，結果就這樣變成奶奶了啊。

媽，妳最近有交往對象嗎？

妳爸會聽到啦。

聽說其他大嬸都有啊。

好了，我小孩都有好好長大，像這樣都結婚生子也就夠了。

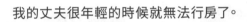
我的丈夫很年輕的時候就無法行房了。

媽媽的人生太可憐了。希望妳交個男朋友就好了。

爸就不可憐嗎？

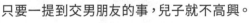
只要一提到交男朋友的事，兒子就不高興。

妳要是有別的男人，我不會放過他。

腦殘，你算老幾敢干涉媽媽？

腦殘？

你們給我安靜點！才剛過年就要吵架嗎！

117

姊，要是遇到好男人，
是可以先跟他交往沒錯…

不過妳老公也
一直都有賺錢回來，
有好好顧家啊。

那可是件多幸福的事啊。
雖然他是沒辦法行房啦…

妳年輕的時候不也這樣忍過來了。
就算跟男人交往，也沒一個有用的啦。

雖然人家都說
有老公、家庭和睦
就是最棒的了…
可我又不是尼姑…

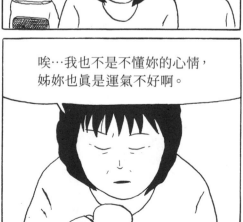

唉…我也不是不懂妳的心情，
姊妳也真是運氣不好啊。

哎喲……

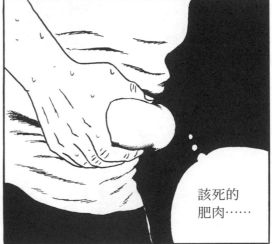

該死的
肥肉……

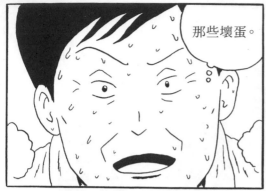

那些壞蛋。

等我減肥
變瘦之後，
連理都不理
他們。

喘
喘
喘

哎喲累死了。

您每天都很認真運動呢。

啊對，
呵呵呵…

醫生說
我有點糖尿…

天哪
我在說
什麼。

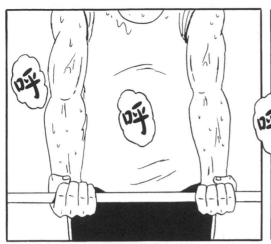

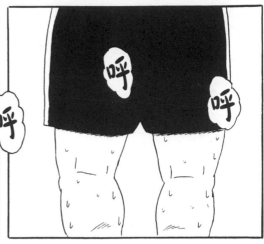

那個手筋…好想咬一口下去。

明天是情人節，
要不要送他巧克力一下呢？

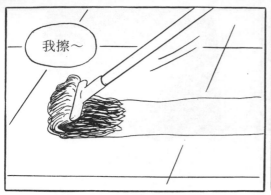

提前 5 分、10 分鐘做好上班準備就可以了，我可沒辦法提早 30 分鐘來。

我是拿著我的良心，認真工作的人耶。

班長，妳憑什麼對我的工作指指點點啊。

班長不也是跟我一樣做清潔工的嗎。

我就像這樣大罵班長之後，她就沒再來煩我了。

哇，嫂子您說的真好。

連我聽了都覺得大快人心呢。

嗯，這酸泡菜真好吃，嫂子料理的手藝也是一絕呢。

姊妳不吃飯嗎？

減肥中。

喀嚓

喀嚓

喀嚓

欸，

喀嚓

昨天健身房先生跟我搭話了。

啊…

那個，

他怎麼走得
這麼快啊。

走去哪裡了…

130

我遭到報應
了啊……

因為我想背著老公外遇，老天爺
生氣了才讓我遭到這種報應啊。

這件事絕對不能告訴
任何人……絕對……

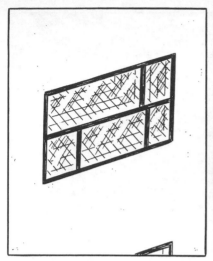

8. 出遊

兩天前喝的杯子
還擺在那啊。

你自己喝的杯子自己清。

真是。

唉…他的口臭。

♪~

♪~

W
汽車旅館

震動一

震動一

震動一 震動一

嗯…好像是妳的手機？

震動一

哎喲，
誰啊。

震動一

今天是
白色情人節，
你都不給點
糖果啊？

我幹嘛給媽糖果啊？
妳去跟男朋友要吧。

就說養孩子
一點用也沒有。

這人
連個聯絡
都沒有。

我情人節的時候
可是請吃
生魚片了,
這個小氣鬼。

震動－

嗯～
怎麼啦?

今天白色情人節
妳要做啥?
沒事的話
一起出去玩吧。

我看有沒有空……
再打給妳。

我正在約會,不行。

我今天休假,
所以待在家啊。

136

這是我高中同學。

您好啊，
很高興認識
兩位。

您好，
很高興
認識您。

計程車司機叫妍順
帶朋友一起來，
我們就一起去
首爾的近郊玩了。

親愛的，啊～

這女人開心了。

妳不跟鍾錫先生見面嗎？

不知道，根本沒消息。

唉我現在也不想談戀愛了，就一個人過吧。

您有認識什麼不錯的男人嗎？

呵呵，不是才說不想談戀愛嗎。

妳跟老公關係好嗎?

…什麼時候做的
都不記得了。

我付。

不行,
我付。

謝謝請客～

親愛的
錢要省著用啊～

回到首爾以後一起喝了杯茶,

我跟司機的朋友回家方向一樣,
所以搭了同一班公車。

我真的不看臉的。
像妍順小姐那樣待人很好的女生
就很不錯。

小娟小姐妳也是個性很好，
長得又美，應該很受男人歡迎吧。

我哪有很受歡迎，
現在年紀大了啦。

妳比慶雅小姐看起來
年輕啊。

什麼？

哈哈哈。

雖然我今天是第一次見慶雅小姐，但她有點做作，

她的臉仔細一看皺紋有點多，是男生不太會喜歡的類型呢。

她是比較善變一點，內心戲比較多啦。

咳嗯。

哎喲……肩膀好痠。

拍
拍

我待會想去三溫暖……要一起去嗎?

什麼?我要回家啊。

啊…這附近有間不錯的三溫暖啦。

爲什麼男人只要一喝酒就開始發春呢。是本能嗎?

不想造成什麼誤會,所以我拒絕了。

142

回到家後收到了鍾錫傳來的簡訊。
今天是
白色情人節，
抱歉沒能
一起慶祝……
身體不太舒服
去了醫院一趟，
之後再聯絡。
我覺得有些抱歉，
就做了鍾錫喜歡的紅燒明太魚乾，
傳簡訊叫他結束之後過來，
做了你喜歡的
紅燒明太魚乾，
一起喝杯
馬格利吧。
……但是沒收到回覆。

天哪…是真的嗎？

嫂子對班長說了些重話，之後居然傳到所長耳裡，就把她開除了。

我也是現在才聽說。

少在那說一些五四三！

這麼恐怖，誰還有辦法好好工作啊？

唉……

該上工了。

144

妳們還不快去工作，
就會在那一個勁找東西吃……

啊，所長。我們只是喝個咖啡1分鐘，
已經要走了。

工作的時間不管是
喝水或喝咖啡，
請各位盡量避免喔。

因為這樣
就會一直想
上廁所。

金燕貞
小姐～

請不要在
電梯裡補妝。

咦？

監視器都看得到喔。

所長在監視我們，
大家小心一點。

真是，
現在還用監視器
偷看我們在做什麼啊？

可是我們
又不是工作到
一半在偷懶。

只不過是喝水、喝咖啡，
去上一下廁所而已……

我們難道是
機器嗎？

根本不把我們
當人看嘛。

147

對啊。上次聚餐的時候他也是叫我們不要吃太多肉，我覺得很小氣就想說乾脆喝啤酒，不喝燒酒了，結果他還大叫把我的酒搶走耶。

就說不能喝啤酒了！

我們建議的事項這麼多，班長卻根本沒跟所長提……她真是有病。

因為班長也沒什麼力量啊，講了也沒用才沒講的吧。

至少以前大家有什麼意見的時候，班長都有站出來出力啊……

這份工作對我來說就跟命一樣重要。

148

其他地方都找不到
像這樣的工作了,
所以我不能被
抓到小辮子,
會好好聽所長的話
認眞工作下去。

所以就不要跟我
多說什麼了。

自從班長的老公失業,
她兒子公司又破產之後,
她好像就開始對所長鞠躬哈腰了。

那是她自己
的問題吧。

大家
上工吧。

是啊，不想被開除的話。

所長室

咚

咚

所長室

所長室

9. 三方和談

嫂子只是跟班長有點爭執而已，
我覺得開除她有點過分了。

嫂子工作也很認真啊……

還有用監視器監視我們也是，
感覺好像在刻意挑我們的毛病，

我們真的沒有偷懶，都很認真在
做該做的事啊。

所以
妳想說什麼？

怎樣，
要組工會是嗎？

……

那種事我是不太懂，
但如果可以讓我們……

不會被隨便
開除的話……

滋滋滋…

這黃魚放太久，
有點油臭味了。

抱歉連個湯都沒有。

你眼睛怎麼樣了？

這男人喝酒喝得太兇，眼睛出了問題。

去看了眼科，
醫生說菸、酒和壓力
對眼睛是致命傷，
一不小心
就可能失明，
所以我戒酒了。

我 30 幾歲的時候右眼出過意外，
有動手術，可能那也有影響吧。

哎呀，你的眼睛
還是重新裝上的呢。

……

妳果然跟花店的女人
不一樣。

清醒的時候說
這些話是不錯，
感覺好生疏啊。

155

玉子姊
突然這是
怎麼了?

不知道。

說是健康問題暫時不能來上班,
也不接電話。

是哪裡不舒服呢⋯⋯所以說
身體好的時候就該好好注意健康。

唉,

昨天連飯也沒好好幫他準備,
乾脆叫他來吃晚餐好了。

唉喲,先睡個 5 分鐘吧。

我踩到破掉的玻璃杯，
現在沒辦法走路在休息。

我也沒辦法給他什麼物質上
的幫助…花店女跟我相反，
應該會對他好吧。

有壓力的話眼睛會變更不好…
所以妳去認識好男人吧。

遇見更好的人～
這輩子～

忘了我吧～
希望你真的幸福～

被這歌害得
又想起來…

為了之後的人生意義，我得去尋找
新方向才行，別再想那陳年的緣分了。

只把我
這份心
帶走吧～

我沒什麼能為你做的，你就跟她好好過吧，照顧好身體健康。

那天就這樣留了最後的問候，

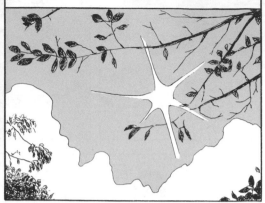

過了幾個月，我又再收到他的聯繫。

我跟花店女人鬧翻了，現在不會再跟她見面了。

所以你才聯絡我啊。

好久沒見，滿開心的。

我想盡量不讓鍾錫感到壓力，所以努力放低音量，小小聲地講話。

鍾錫說要送我回家，到了家門前，

謝謝你
送我回來。

這個男人說他想進來家裡。

我看我兒子
在不在……

然後我們晚餐去吃了
辣燉鮟鱇魚。

她 3 年之間爲我
花了 4 千萬。

花店月租很貴，
所以房子還沒處理完。

我每個星期一 9 點 20 前都得讓
女客人的位子滿座，到目前爲止
都是她幫我的。

不過因爲我跟妳見面，
她說要離開我，所以
現在就沒再見她了。

回到家想了想，
覺得越來越討厭
這個男人了。

今天
辣燉鮟鱇魚
和咖啡
就花了我
5 萬呢。

言下之意就是因爲我害他客人沒滿，
所以我傳訊息告訴他就算只有我一個
也會去捧場。

我週一請了假，出發前往
鍾錫的店裡。

我坐公車去,下車之後
還走了好一段路,

讓我汗如雨下。

雖然一個人很丟臉,
但我現在臉皮厚得很。

一個 40 歲中間的男人被介紹過來,

看來您年紀
是我的姊姊呢。

叫了聲姊之後就走了。

胃好不舒服。

妳回家吧。

你拿著。

哎呀
不用了。

我硬是塞給他一張 5 萬塊才出來。

辣燉鮟鱇魚、咖啡，
加今天的就花了 10 萬呢。

我的血汗錢，
好心疼啊。

你跟她和好吧，
我幫不上什麼
忙，我退出吧。

就算愛他……
這種生活實在
過不下去了。

奶奶怎麼樣?

哪有怎麼樣?
身體就一直不好啊。

你哥在日本過得好嗎?

不知道。
好像會辭職之後回韓國吧。

欸,你姊說要自己開咖啡店,
叫我幫她籌 5 千萬。

媽妳哪有錢啊?

用這個家
抵押貸款啊。

162

絕對不要幫她。憑姊的品味開咖啡店 100% 會失敗的。

我瘋了嗎，這個家是我全部的財產耶，還拿去抵押。

欸，媽媽跟男朋友已經完全分手了。

現在也不會再聯絡了。

媽自己看著辦就好。

誰啊？

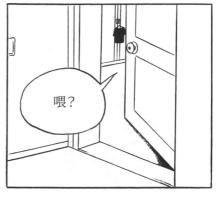

喂？

163

時間咖啡

你跟我見面的時候講那女人，然後跟她見面的時候講我的事對吧？

為什麼要跟幫不上忙的女人在一起呢？

既然年輕的時候已經跟她過了，現在就整理乾淨跟我交往吧。

妳跟我在一起的時候，不是也有其他男人嗎。

我跟你開始交往的時候，就跟那個人完全斷絕關係了。

叮鈴～

妳坐這。

打個招呼吧，這是開花店的明喜。

這個人不用說也知道吧？
她是小娟。

為什麼把我叫來這裡？

欸，妳說啊，
我們有在交往嗎？

你是為了問這個才把我
叫來的嗎？

您就跟他放心交往吧，
我現在跟這個男人沒有聯絡了。

阿錫你手機號碼換了？

啊沒電了，所以我用
明喜手機打給妳。

叫這麼
親熱？

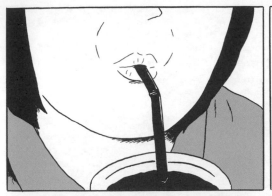

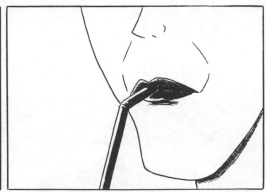

噴。

光是看她幾眼
就在那不爽。

自從那天之後，
我們 3 人又一起見了幾次。

這男的，跟我見面的時候叫花店女來，

跟花店女在一起的時候又講得好像
只有他一人一樣，把我叫過去。

他以為自己是
叢林之王啊，

跟變態一樣把我們兩個一起叫來。

你說跟這個人是過去感情放不下，
然後跟我是生意上交往啊？

171

生意？
妳還真敢講。

妳說要幫我
開花店，
都說了幾年啦？

我朋友說要一起做豬腳生意，
我就信妳的話沒出錢投資，

結果豬腳店大賣，我現在成什麼樣子啦？

所以我說你跟她整理
乾淨，我就幫你開店。

不用在意我，
您們二位好好交往吧。

我絕對沒有想要跟他
重新開始的。

你們每次都說結束了,然後又重新在一起,我是要怎麼相信?

欸,我跟小娟現在真的就跟朋友一樣啦。

我們是一起變老的關係,這種緣分怎麼能說斷就斷?

妳那共匪老公才會劈腿跟別的女人交往吧。

我跟小娟什麼關係都不是啦。

我很忙,我就先走了。

幹嘛?吃完飯再走嘛。

不用了。

我連佛祖、耶穌都不信了,這個男人到底好在哪,我真是不正常了。

久違的同學會～ good ～
我們的友情要永遠不變喔 ^^

慶雅這女人發的每張照片
都好假喔。

哇，看來是跟小男友
一起出去玩了。

嗯？

有人在我照片底下
留言耶。

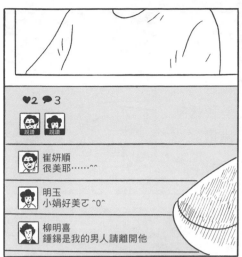

♥2 💬3

崔妍順
很美耶……^^

明玉
小娟好美乁 ^0^

柳明喜
鍾錫是我的男人請離開他

什麼啊,
這女的有病嗎?
幹嘛到我這來
留這種言。

我要把它
刪掉。

我把花店女的留言刪掉之後,
隔天她又跑來我的照片底下留言。

柳明喜
請不要再跟我男人聯絡了

這瘋女人是
沒吃藥嗎,
令人火大耶。

刪了之後她又一直跑來留言。

敢再刪我留言,
我會報警請
網路搜查隊
處理

哇咧
真的是個
痟婆耶。

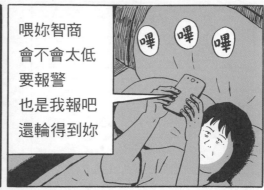

喂妳智商
會不會太低
要報警
也是我報吧
還輪得到妳

嗶 嗶 嗶

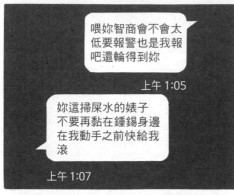

喂妳智商會不會太
低要報警也是我報
吧還輪得到妳

上午 1:05

妳這掃屎水的婊子
不要再黏在鍾錫身邊
在我動手之前快給我
滾

上午 1:07

或許這就是一場預告過的戰爭吧。

我 20 幾歲時懂事一點的話，就不會活成這副德性了。

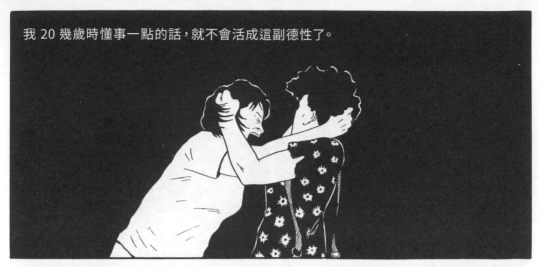

就這樣空虛地還完了債，人生就磨完了。

從現在開始也好，如果努力正直生活，應該能享福的吧。

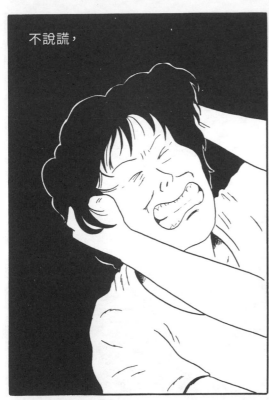

不說謊，

不詆毀他人，

好好積德，

那樣子孫才會有福報。

人年紀越大，世界就好像變得只剩下子女。

要是不懂何謂幸福，

無法心懷感謝，

那便是一種不幸。

要擁有健康的身體，心存感謝地生活，

保持澄淨的心，關懷他人，

那麼幸福就會自然隨之而來。

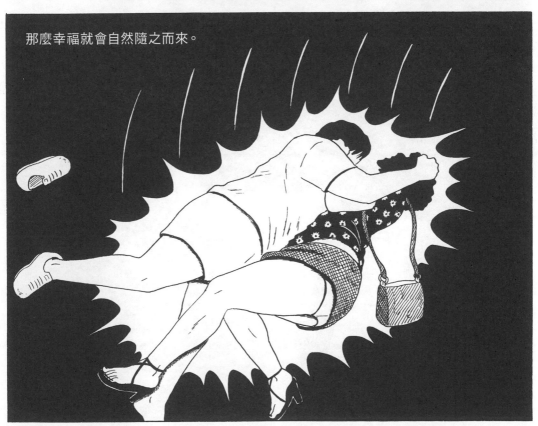

應該要常保一顆感恩的心。

幸福就在不遠處。

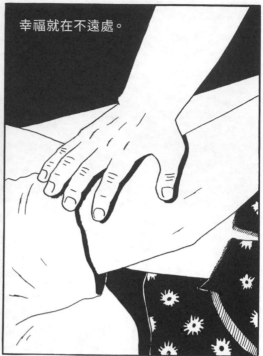

如果從很久以前就開始思考這些的話，我現在應該更幸福才對……

到底……

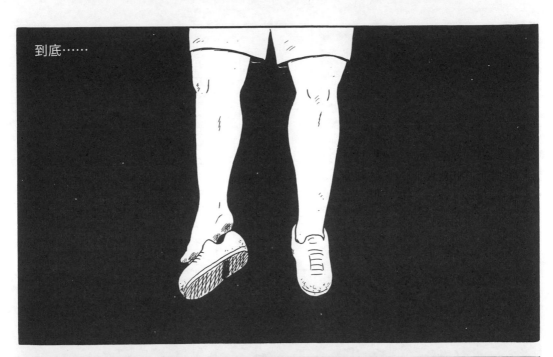

我的人生為什麼會變成這樣呢……

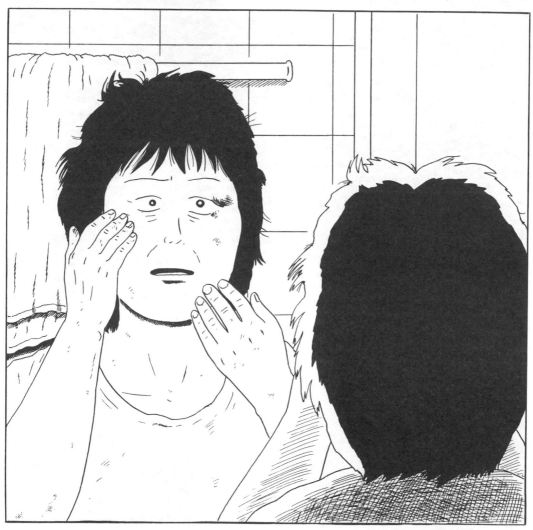

哦姊。

小娟啊，
妳下班以後
馬上到我家這的
咖啡廳來。

去咖啡廳幹嘛？

玉子姊聯絡我，
我們約在那裡見面。

玉子姊？
好喔
我知道了。

姊之前還聯繫不上呢……

哎呀姊，
之前怎麼都
聯絡不上
妳啊。

我現在有點忙，等會下班後
一起吃個飯再談吧。

…好的。

很意外所長願意
好好聽我說,
他人滿好的嘛。

所長,
謝謝您的
招待。

我送妳回家吧。

啊,不用了。
我搭公車回家就好。

順路嘛,上車吧。

您不用這麼
麻煩的……

妳有聽什麼古典樂嗎？

我不太懂古典樂……

我也不太懂啦，不過聽久也不會膩，滿不錯的。

玉子小姐一個人
生活有多久啦？

有一段時間了，
怎麼突然問
這個……

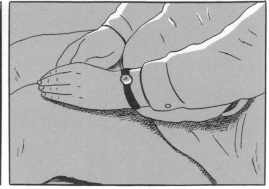

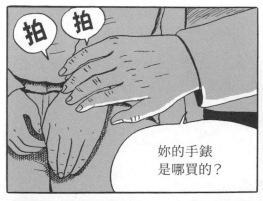

拍　拍

妳的手錶
是哪買的？

人家送我的。

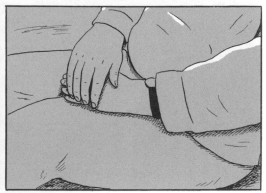

輕輕

我喜歡手指漂亮的人。

191

玉子小姐也該
談個戀愛了。

…不太想。

為什麼？
玉子小姐很可愛
我喜歡啊。

大家都上年紀了是吧，
今天要不要跟我……
怎麼樣？

啊？
您說什麼…

幹嘛那麼驚訝啊？
妳明明就聽懂了。

跟我吃飯、
又上我的車，
我就當成是
妳有聽懂的
意思耶。

您這是……

看來是我
進度太快了。

沒關係。

呀！

你摸哪裡啊！

我要下車，請停車！

急煞

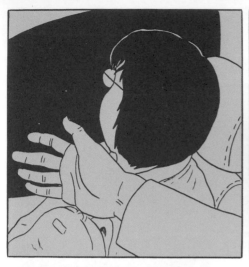

我是有幹嘛，妳給我在那尖叫？

你就是為了這個……才說要吃飯……

敢再打我一次試試看。

你這骯髒的垃圾。

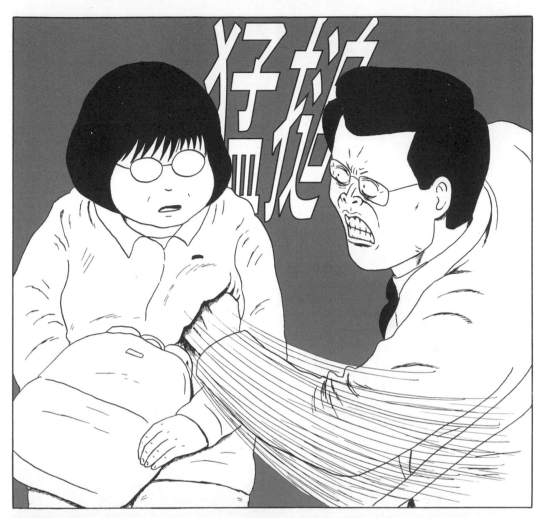

做清潔工的最低端
還敢把什麼勞動法掛在嘴上，
給妳們工作就該感謝了吧。

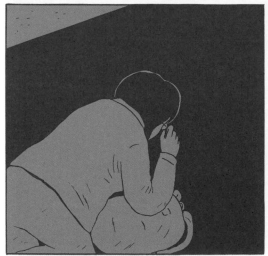

然後我就去做了好一陣子的
心理諮商。

怎麼辦啊，姊姊。
應該要告那個所長吧？

啊！我在教會有認識一個在
女性家族部＊工作的人。

小娟妳明天跟我一起去見她吧。

＊編按：南韓於 1998 年成立的中央行政機關，旨在促進性別平等相關政策。

那就
下次見。

我有點忙先走了。

叩叩

叩叩

姊，現在是怎樣。

她就一直
在那自誇，
最後還不是要
叫我們自己
看著辦。

原本沒覺得她是這樣的人，
現在才發現她有夠沒品。

該去問誰
才好呢……

燕貞姊的女兒聽到我們的事，
於是介紹了她認識的人。

整件事我有大概聽
您女兒講過。

聽說她是在做勞工相關的工作，

現在也有很多夥伴
正在為這種問題
抗爭。

她教了我們組織工會的方法。

所謂的工會組織
就是……

完全聽不懂在講什麼耶。

在我腦袋越來越混亂的時候，
收到妍順傳來的訊息。

崔妍順

我好想死……

發生什麼事了?

嗯?妳怎麼了?

就…那傢伙……

他是個騙子。

誰?

妳那個計程車司機男友?

嗯。
我借他 3 千萬。

妳又借錢出去了。

說好要還錢的日子過了好幾天他都沒還,
我就問他什麼時候會還,

從那之後他就越來越少聯絡,
說要工作,
一直在躲我。

然後呢?

所以我就聯絡他同學，
上次那個在鴨肉店見過的，
結果那個人說他也不知道。

然後我就覺得
不對勁了，

我就說「請幫我轉告他
一周之內沒還的話，
我會去告他詐欺。」

還騙他說「我堂哥是律師，
我已經跟他討論過了。」

然後兩天之後他就聯絡我了。

有必要為了錢
把人逼成這樣？
錢匯了，沒有準時
匯是很抱歉，

不過我們
到此為止吧。
妳懂我意思吧？

還有我跟妳
交往到現在
花了 5 百，
從裡面扣掉了。

實在覺得太荒謬太震驚，
心臟跳得說不出話來。

果然哪，那個人開口就說什麼有名的人他都認識，我從那時候就看出來了。

說什麼自己大學是在美國讀的，外國人來問路，他講英文還吞吞吐吐，我就說很怪吧。

小娟，為什麼每個我交往的男人都這個樣子啊……

所以我說妳啊，交男朋友的時候要謹慎一點啊。

每次都馬上就陷下去，這已經是第幾次了啊妳。

換了一台破車之後接下來換報廢車…

嚇我一跳。

癱坐

妳來了
就先說一聲
啊。

12. 明玉和她的小男友

我和年紀差 15 歲的丈夫，
是在我 22 歲的時候第一次見的。

大鼻子和方臉…雖然他的長相
不是我的菜，但看起來人很好。

多虧有父親留下來的工廠，
丈夫年輕時過著揮金如土的生活。

朋友，我們去找
美貞吧。

所以他總是覺得身邊的朋友是因為
錢的關係才親近起來，

美貞啊～

……

人家介紹來的女生也都像是
為了錢才接近他的，

……

但我卻毫不在意他究竟有不有錢。

我有準備便當，
去外面吃太花錢了。

……！

206

對於這樣的我，丈夫深受吸引，

我會讓妳
十指不沾陽春水，
讓妳幸福的。

我們才交往 1 年就結婚了。

胸部也很大呢。

但生了小孩之後，丈夫就開始以
出差爲藉口久久不回家。

我就這樣心靈空虛地度過了很長的時光，
幾年前，從鄰居大嬸口中聽到有關丈夫
的傳聞。

哎呀，
妳也該管好
妳家老公吧。

嗯？
什麼意思…

聽說丈夫拜託了健身中心的教練。

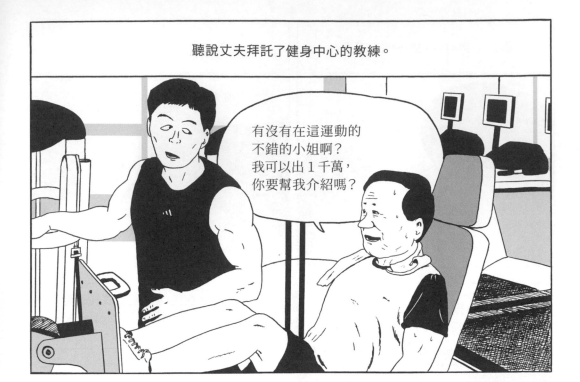

有沒有在這運動的
不錯的小姐啊？
我可以出 1 千萬，
你要幫我介紹嗎？

而且那裡的櫃台小姐胖胖的，才 23 歲，
聽說丈夫一直想把她約出去喝酒。

下班後要不要
去喝杯燒酒啊？

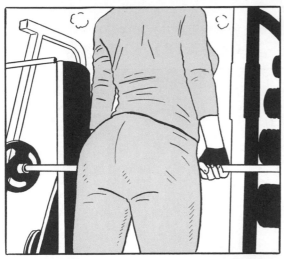

這女的我應該有機會吧。

呵……

一起去吃烤五花肉，
再來杯燒酒嘛～
怎麼樣？

我不去。

那就下次吧～

他真的是四處拋頭露面，讓我丟盡了臉。

她老公在外面劈腿所以不是沒一起生活了嘛。

於是我跟朋友去夜店玩，在那認識了比我小 2 歲的男人。

我的特技就是動耳朵！

抖動

抖動

呵呵。

開始了我第一次的戀愛。

談了戀愛，一心想著要注重身材，於是便開始運動……

揮拍

咚

對不起。

沒關係。

球在這。

身高177cm。

體重70kg。

帥氣的臉龐。

溫和有禮。

謝謝。

彷彿命運一般。

爲了拿下這個帥哥，我每天都去運動。

因爲不知道他什麼時候來…

然後跟他一起打球，慢慢變熟了，

在聚餐的時候跟他拉近了距離。

我就這樣開始跟帥哥談起戀愛，

當然是在跟小 2 歲的男友分手之後。

我到底是積了什麼福……
才能跟這種比我小 5 歲的帥哥……

呃嗯……

這個男人的技巧高超到不行，

啊…不行……

讓我體驗到這輩子第一次高潮。

而且還是每一次！

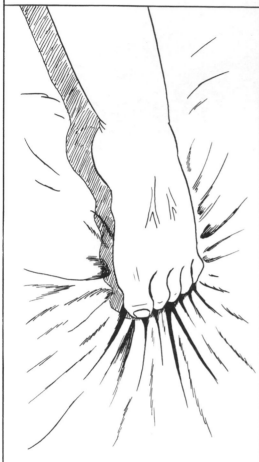

他是從很好的大學畢業的，
所以稍微有點瞧不起別人，

搜尋你名字
找得到你照片
耶。

那有什麼……
隨便搜誰都會有啊。

除了會發點酒瘋之外，
其他都完全是我的理想型。

應該把
總統那話
縫起來才對
他媽的。

哎呀
寶貝。

我對這男人完全陷下去了。

要不要
買個公寓
一起住？

想把我的全部都給他。

咖啡廳很適合
寫東西呢。

要幫你開一間
咖啡廳嗎？

但過了 1 年之後，他在旅館認真地向我開口了。

其實我⋯⋯
有一個交往 10 年的女朋友。

什麼⋯⋯？

分手就好了吧⋯⋯

對不起⋯⋯

我離婚。

不要這樣，
這樣我太對不起
妳了。

要是你對不起我，
就跟她分手啊⋯⋯

不行⋯⋯

為什麼？
跟我比起來
你更愛她嗎？

她已經跟了我
10 年⋯⋯

是我比不上她嗎？我會努力的。

不是啊，妳真的對我很好。

見面很開心、
很愉快，
也不用負擔什麼
物質上的東西…

可是她從我開始不順的時候
就一直在支持我。

雖然都有年紀了，但我們說好不生小孩，
就兩個人過，還有訂婚戒指了。

對不起。我覺得再下去我們兩個都會
越來越痛苦，所以就現在說了……

我是爛人。

就說是
她先挑釁的了。

不管怎麼說，妳手那麼賤在大街上
抓著人的頭髮扯來扯去像什麼樣子啊？

算了，不用講了！
你就跟她好好在一起吧！

真是！

這個渾蛋。

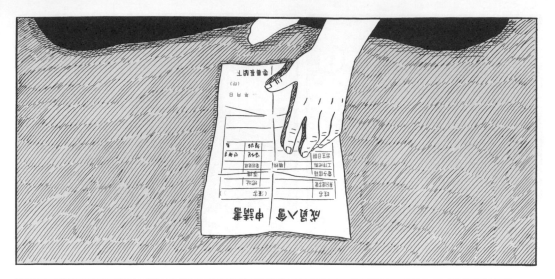

雖然大家都聽過玉子姊的事了，
但難保以後不會又發生
那種事吧？

動不動就要我們
30 分鐘前就準備上班，
還拿這威脅要開除我們。

有工會的話，真的就可以
在固定的時間工作，
待遇也會比現在好嗎？

是啊，
就表示仲介公司
也在中間扣了
那麼多啊。

有工會的話，在這棟工作的人也就不敢隨便對待我們了。

總之先填這個申請書……

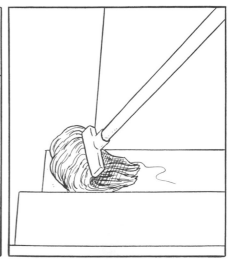

可是我們真的可以加入什麼公會嗎？

爲什麼這麼問？

我們會不會加了就被資遣，只能在外面示威啊？我可不想……

不用擔心，不是說加了對我們比較好嗎？

會沒事的啦～

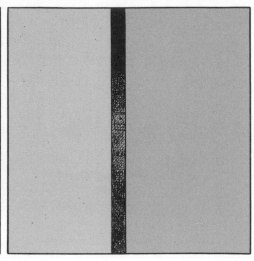

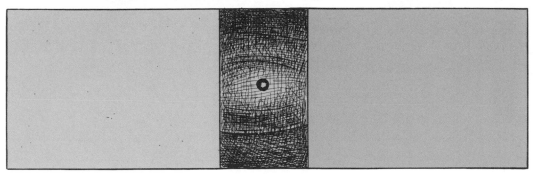

所長室

請班長先創立工會，
再讓她們加入吧。

只要加入班長這邊的人比較多，
我就幫妳喬一下副所長的位子。

因爲所長的暴行，
燕貞姊和我決定創建工會，

卻被班長搶先一步。

各位在工作上
好像有
很多問題，所以
我想創立工會。

我有事項
要通知
各位。

班長把大家一個個單獨叫出去，
強迫每個人加入工會，

總之
現在大家都會
加入我的工會，
如果想繼續
工作的話您就
看著辦吧。

班長叫妳加入她辦的工會吧？
那是假工會啊，是公司御用的工會…

最後人數變成 4：12，我們輸了。

要被炒魷魚了。

哎喲，我也
不太清楚啊。

欸，出事了。

怎麼了？

媽媽的公司有很多問題，我們就想創工會，結果班長又另外創了一個，其他人都加入那邊的工會了。

媽媽現在在公司被盯上了，不知道什麼時候會被開除呢。

那妳以後上班就安分一點，小心點吧。

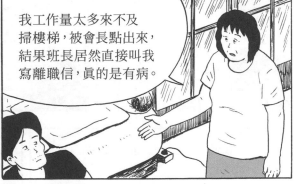

我工作量太多來不及掃樓梯，被會長點出來，結果班長居然直接叫我寫離職信，真的是有病。

那妳就要跟他們講是太忙沒辦法掃啊。

講了啊。

媽妳個性也是很強勢，一定在公司也想跟別人爭辯吧。

這還算讀過大學的人講的話嗎？
公司有問題，你叫所有人
就忍耐繼續工作下去嗎？
不然怎麼辦？
不是說媽妳快被開除了嗎？
算了，我跟你還有
什麼好說的。
趕快離開我家
出去賺錢。
叫我們創立工會的那個女生，
好像也沒有什麼能再幫我們的。
我再想想
其他
辦法。
如果現在被開除，我這把年紀
還能找到什麼工作呢……
好煩啊。

震動－

嗯。

欸,聽說妍順的媽媽
過世了。

明天跟我一起
下去找她。

知道了,
待會再聯絡。

班長,我明天想
用一天休假。

朋友的媽媽過世了,我要去殯儀館幫忙。

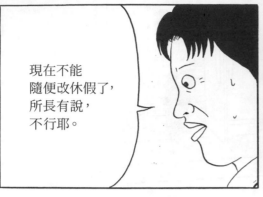

現在不能
隨便改休假了,
所長有說,
不行耶。

什麼?
哪有突然
這樣的?

明明之前都
沒有問題啊。

總之不行就是
不行。

啊…煩死了,
這個瘋婆子。

最後我殯儀館去不成了,

那拜託幫我
包個白包,
公司這邊
又在發神經。

只好跟妍順約好她上首爾的時候見個面。

妍順啊,
加油,我下次
請妳喝酒

可是我媽對他多好啊⋯⋯雖然是離婚的前夫，

他還有點良心的話，就應該到會場來啊，那個壞蛋。

喂，我媽死的時候，我那個也沒來啊。

死了之後才後悔有什麼用，什麼子孫的都沒有用。

以前給我媽零用錢，她都捨不得用通通存起來，

也沒過過什麼有趣的人生，就這樣走了。

我也不期盼小孩孝順我啦，只要他們自己好好生活就好。

我也希望我小兒子趕快出去賺錢，不要一直待在家裡。

因為兒子在不方便，也不能把男朋友帶回家。

小娟妳還跟鍾錫先生在一起啊？

我跟他現在就像朋友一樣啦。

聽說妳還在跟那個記者交往啊？

嗯……我跟他說繼續跟那女生在一起沒關係，不要跟我分手就好。

今天吃得很開心。

我們走囉。

嗯，慢走。

至少妳媽走之前還算是豐衣足食。我媽就……

唉。

嗶嗶嗶…
嗶哩哩哩～♪

又喝酒了？

我去了一趟
醫院。

你又去哪現在才
回來啊？

奶奶的時間不多了。

唉，跟你哥
說了嗎？

嗯。

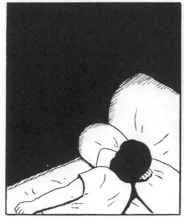

明明很累卻睡不著……

我出門了。

震動一

媽，奶奶過世了，
妳能來就來吧。

剛才聽說了，我去又能
做什麼，都離婚了。

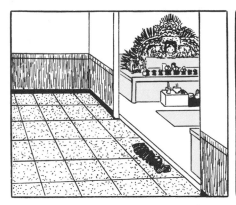

哎呀，
妳來了？

阿姨。

來得好、
來得好。

妳過得
怎麼樣？

我就是在工作啦。

我來了。

你來啦。

藝瑟。

叔叔～

妳有想叔叔嗎？

嗯。

跟大伯打招呼。

藝瑟啊～來奶奶這裡。

她是正民的女兒嗎？
長好大了。

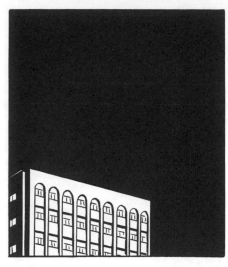

不是他就自己
一個人過好好的，

然後把 3 個小孩
都丟給我，

那女人怎麼還不
快點回去。

爺爺，您要回家
睡覺嗎？

喔……
嗯……

喂，你送爺爺回家
再來吧。

不用啦…

爺爺，
我送您
回去吧。

姉夫要回去了。

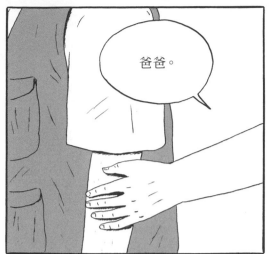

14. 第二封信

登登登登

拍 拍 拍 拍 拍

好，那麼下一首歌
是這次專輯的
主打歌。

這首歌是我回憶我奶奶的時候
作的，她去年夏天過世了。

我小學 4 年級的時候，
班導師曾經讓我們班的同學
寫一封信給自己的爺爺奶奶。

老師叫我們在結尾的時候
一定要寫一句話，是什麼話呢，

就是「我長大之後會好好照顧
爺爺奶奶的」。

我記得奶奶收到那封信之後非常開心，
還打電話回家說哎呀我們小孫子
居然會說要照顧爺爺奶奶啊。

我那時候還小不懂事，現在長大了
回想起來，覺得當時的班導師真的
是一個偉大的人。

她的名字應該是朴吉子…
老師，應該沒錯。

大家就算知道這個
對聽歌也沒什麼幫助，
總之……

那是我第一封寫給奶奶的信，而這首歌就是我要給奶奶的第二封信。

那麼請各位聽聽看，第二封信。

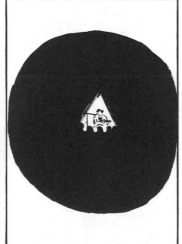

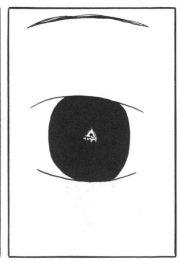

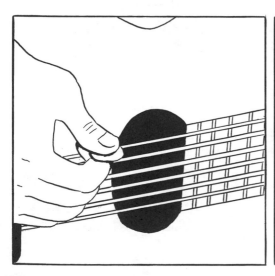

讓這心意一點一滴流逝……

這是我最後的愛……

您去了哪兒……

那是哪裡呢……

是否真有
那個地方呢……

謝謝。

第一次在表演的時候唱這首歌，
中間有點哽咽了。

我在奶奶的喪禮上第一次知道，
原來奶奶有 7 個兄弟姊妹。

那時我第一次見到的姨婆，
在喪禮上是哭得最大聲的一個。

是不是因為哭得越大聲，
就越能減少罪惡感的關係呢。

我坐著發呆，看向家人的時候，
突然看到我媽媽一邊喝酒
一邊說話的樣子。

不過我媽的表情，跟我喝醉的時候
真的很像呢。

那麼下一首歌為各位獻唱
〈再見高陽市〉。

欸，妳好好支持妳兒子啊。

他一個人能作出那麼好的歌，妳應該要好好支持他。

他自己會看著辦啦。

西大門羊肉串

中國傳統料理-羊肉串
四川羊肉涮涮鍋

我去個廁所。

這是什麼……

慶雅

要一起喝杯茶嗎？
^^

慶雅這女人……

15. 錢比愛更重要

這是什麼?為什麼慶雅會傳簡訊問你要不要一起喝茶?

妳幹嘛偷看別人手機啊?

你說說看啊,嗯?
你跟慶雅那女人睡了嗎?

我真是無言了。

你跟慶雅那賤人什麼時候搞在一起的?

我不想讓妳跟
朋友鬧翻，
所以一直沒說……

之前妳不是有跟朋友來我店裡玩嗎。

那時候妳很賤，像破麻一樣在跟
別的男人跳舞，

我很賤？
破麻？

我就是為了你，
想讓他們
過肩摔付錢啊，
無言。

妳聽我說，那時我也把我的名片
給了慶雅，

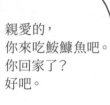

然後下班回家之後就接到她的電話，

親愛的，
你來吃鮟鱇魚吧。
你回家了？
好吧。

……

說要跟我
見面。

我還有事，
先走了。

好。

啊所以慶雅那時候就是鮟鱇魚
吃到一半跑去見你啊。

結果就在咖啡廳聊了一下，
幾天之後兩個人出去喝了酒。

要是你可以跟小娟分手就好了。

哈，所以你回她什麼？

妳爲什麼
喜歡我？

我就說我絕對沒辦法跟妳分手啊。

然後她就威脅說那她不跟我見面了。

之後她聯繫我，我也都沒回啊。

真的
太扯了……

欸！

妳這女人，

缺男人就把歪腦筋動到我男友身上啊？

賤女人！

也不想想妳還住在半地下的時候，

現在老公事業做很大，住在 45 坪的大廈就不把人放眼裡了是嗎？

妳這個賤人，最好不要再給我看到，不要再聯絡我了。

妳這骯髒的女人！

欸，慶雅她怎麼可以這樣對我啊。

我去跟慶雅見一面聽她怎麼說。

有什麼好聽的。

妳也趕快跟那傢伙分手吧。

啊不知道啦，沒了這男人很空虛，
繼續在一起又很痛苦。

265

他就是變態得了王子病啊，無法滿足同一個人，一下這女的一下那女的，都已經第幾次啦。

欸，妳那個什麼記者不也是有女朋友，妳才要努力吧。

呵呵，我贏了。

什麼？

哪有什麼，我就從那女的手上完全搶過來了啊。

怎麼搶的？

因為就算我說要為他付出一切，
他也無法拋下舊愛，

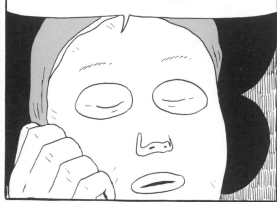

所以就算他提到那女的，
我也都會忍住不發火。

他最大的問題就是什麼都太誠實了。

那真的讓人很火大。

對不起。

我是為了錢才跟妳在一起的，
沒有感受到什麼真正的愛。

你是說對那女的是真心的愛，
跟我只是生意關係嗎!?

所以我也生氣跑去找比我小的
前男友了。

振作之後才發現我之前跟記者交往
花的錢，多到都能付得起一間套房的
全租了。

我也不想再繼續糾纏，
就跟他說我要離開他。

然後沒過多久，就收到不認識的號碼
傳簡訊來。

現在真的
壓力很大，
我會退出的……
你們兩位和好吧。

大概是他跟那女的說我離開了吧。

因為妳的關係，
她走了。

那個人……因為家裡的關係
經濟狀況不太好。

所以我就回簡訊給那個女人。

請您靜靜
消失吧。

然後我就叫他跟那女的見面斷乾淨。

都講
清楚了？

嗯。

妳去找個
好男人吧……

我自己會看著辦，現在已經不用
你操心了。

但我還是
不會忘記的……

269

唉喲，
不錯嘛妳。

總之詳細的情況之後見面再說吧。

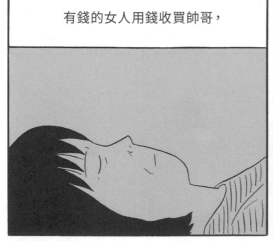

有錢的女人用錢收買帥哥，

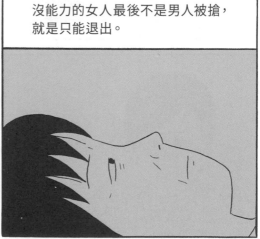

沒能力的女人最後不是男人被搶，
就是只能退出。

跟我的情況好像……

光是花店女就已經夠煩的了，現在還多一個慶雅…

眞是，扯到不行……

他怎麼可以跟我朋友做那種事？

眞是個爛人……

我們絕對不要再見了

震動一

震動一

震動一

…幹嘛。

我在妳家門口，妳出來一下。

眼睛腫得像個怪物呢。

我臉水腫沒辦法出門

原本應該冷漠拒絕見面的，
但他都到家門口了，我只好出去。

上車。

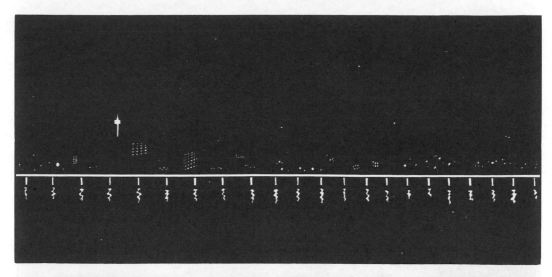

這男人現在很享受地看著我。

16. 愛情的二次大戰

用妳掃屎水的手碰我的男人，很爽嗎？

媽的妳有病啊，我碰不碰干妳屁事啊？

已經快被慶雅那個婊子煩死，現在這女的又來發神經。

不要把屎坑臭味
沾到我男人身上，
不想被揍就快滾遠點

妳這賤人現在在哪？

在妳家門口啦
按
按
按

妳這婊子
給我進來

賤人，
她怎麼知道
我住哪。

叮咚

叮咚
叮咚
還真的咧，
這個賤婊。

嗶哩哩哩哩

妳進來啊。

敢進來就給我試試看。

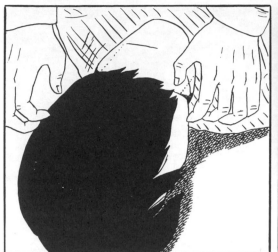

我要死了～

哎喲喂～

是怎樣？

喂…

快點報警抓這個女的。

大嬸妳誰啊!?

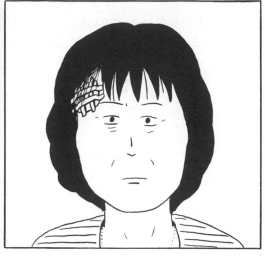

額頭縫了8針。

雖然報了警，但後來協議她出醫藥費，就和解原諒她了。

媽妳根本打不過人家，幹嘛還要跟人吵。

你安靜一點。

上法院告她太麻煩了，而且我也有錯……

聽說那女的跟鍾錫交往的幾年也花了很多錢……

突然覺得她也滿可憐的。

靠錢就能到手的男人，我現在也厭倦了，也不想去恨他。

遲早得做出決定的吧。

這次感覺公司好像又會有問題了。

在這世界上沒有半個了解我的人

看到你劈腿成這樣，而我居然還一直跟你在一起，覺得自己很沒用

我們交往對彼此一點幫助都沒有，繼續在一起只會一直發生這些糟糕的事，所以我們還是斷了吧

果然還是家裡煮的飯好吃。

欸，你來媽媽房間一下。

幹嘛？

你坐這。

幹嘛？

坐下。

你已經 30 歲了，你覺得到現在還跟媽媽住在一起像話嗎？

媽已經想過了，我覺得你一直待在家裡
吃我煮的飯，一定不會成功的。

你搬出去一個人住吧。

房租很貴耶，搬出去住太浪費了吧。

你難道整天都在做音樂嗎？

待在家就只是打電動偶爾做個
音樂吧。

我哪有⋯⋯

不管你要做什麼，你試著自己
付房租生活看看吧。

媽媽的生活
是努力工作打掃，
掃到腰都快斷了，
你一個年輕人
怎麼這麼不能
吃苦啊？

你搬出去對你比較好。

反正人生來就是孤獨的啊。

媽媽這輩子都沒有一個人住過，

現在開始想要一個人了。

我給你 6 個月的時間，
你去找房子搬進去。

…我知道了。

哈，真是個
瘋婆子。

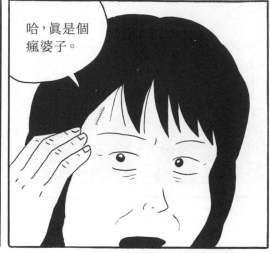

喀嚓

喀嚓

喀嚓

喀嚓

不過還算幸運，
頭髮遮住了
看不到傷口。

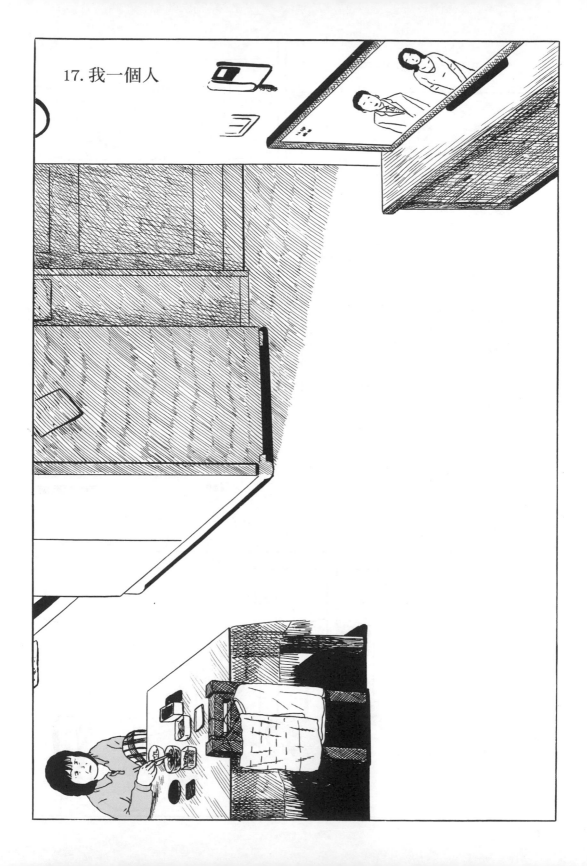

17. 我一個人

今天是兒子搬家的日子。

這個要拿啊。

沒有落了什麼吧?

嗯,沒。

我走了。

你要好好工作還我錢喔,路上小心。

好啦,妳回去吧。

我兒子用 6 個月的時間找了一間全租房，搬出去了。

我借了他一筆私房錢，當作他房子的全租保證金。

無論如何我每個月都會還妳 50 萬以上。

現在我終於是一個人了。

跟花店女打過一架之後，我跟那人也完全斷了。

為了彼此的人生，我決定要這樣做。

以後工作就依照現在的 4 人一組進行，

組長就請成熙擔任吧。

什麼？
我嗎？

她才剛來工作 3 個月左右耶，
班長這婆娘……

自從工會事件之後，班長開始明擺著
對我們差別待遇。

姊，今天這件事也在廣播上
說出來吧。

噓。

燕貞姊要代表我們去參加一個
時事廣播節目。

這都多虧了那個教我們組織工會的小姐。

那太太您就代表
上節目吧。

我嗎？

姊妳話
最多了
不是嗎。

姊，妳已經練習好在廣播上要講
什麼了嗎？

是要怎樣練習，聽說人家
問什麼我答什麼就可以了。

上廣播節目的時候不要太緊張喔。

哎呀妳們
這些人。

希望能讓我們不要被炒魷魚啊……

唉。

299

喔，姊。

小娟啊，妳明天可能要代替我去上節目了。

什麼？
怎麼突然？

我回家的時候被車撞到，現在住院了。

天哪，
姊妳沒事嗎？

受了點傷，
聽說要住院幾天。

我先把負責人的聯絡資料跟廣播公司的地址給妳。

我知道了。

嗯，
抱歉啦。

啊，節目是
現場播出嗎？

聽說是預錄的。

太太，您先在這裡稍等。

糊里糊塗
就跑來了……

太太，麻煩這邊請。

不可以喝水，
那樣就需要常去
洗手間了；
不可以在
電梯裡補妝，
我都用監視器
看著呢。

我剛剛說的內容，就是仲介公司管理職的所長對知名企業子公司的清潔勞動人員們所說的話。

她們承受著上司的辱罵、暴力、猥褻，甚至受到解雇的威脅，想成立工會卻遭到嚴重干涉。

目前在該公司負責清潔工作的李小娟小姐，現在來到了我們現場。

您好啊？

您好～

帥氣的廣播主持人沉穩地提問，所以我也安心下來作答。

班長那個壞女人，哎喲，不是，班長就很奸詐在所長底下一起做壞事。

聽說您們想組織工會，結果所長又成立了一個。因為複數工會是被允許的，所以兩個都算是正式工會吧。

那團體協約之類的是由人數比較多的工會那邊來訂囉？

團體協約？

嗯……我對那種事不太清楚……

總之我們因為一直受到差別待遇，
所以除了加入工會之外，
就沒有其他能做的事了。

太太，辛苦您了。

聽說節目是下禮拜播對吧？

是的。

......

那我現在可以走了嗎？

是，
可以走了～

呼，說得
亂七八糟的。

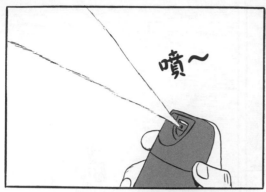

噴～

咻 咻 咻 咻 咻
咻
噗 咻 咻

哎呀～
好癢啊。

媽呀…

呀!

掉

跑跑跑跑…

呃啊!

跑跑跑跑

不行！

啊

被抓住

啊啊啊啊　啊啊啊啊

壓

壓　壓　壓　壓

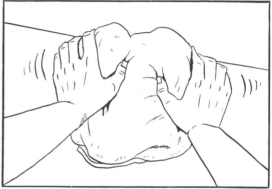

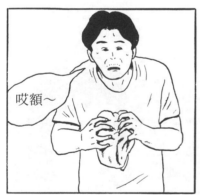

哎額～

丟

呼……

媽媽明天
要上一個
廣播節目

清潔人員李小娟小姐，現在來到了我們現場。您好啊？

您好～

和我一起工作的姊姊被所長猥褻，

我的聲音怎麼會這樣啊。

那時班長和所長一起……

什麼嘛，中間講的都被剪掉了。

好的，以上就是清潔人員李小娟小姐的訪問內容。

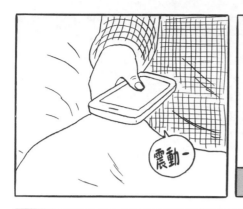

我聽了媽媽的節目，
都不知道妳們公司
發生這種事。
我會努力賺錢
趕快還妳錢的，
媽媽加油！

震動一

好，不要喝酒，
認真生活，
你也得趕快存錢
成家啊。
記得來拿泡菜。

吞下

明天早餐
要吃的和
帶便當的白飯
還夠⋯⋯

一個人住,
也沒什麼家事
可做的。

既然兒子搬出去了,我就叫朋友們
週末來家裡玩。

除了慶雅那女人之外。

哈哈哈。

妳們大家
都不知道
英淑有
男朋友吧?

什麼?
最單純的
英淑居然?

她有一個交往 6 年的男友,
被老公發現之後現在只好住在
女兒家嘛。我也是不久前才知道的。

難怪俗話說最乖的貓是第一個
偷魚吃的嘛。

英淑是妍順的同鄉,我們曾經一起在
酒店的廚房工作。

聽說她之所以被老公發現，
也是因為她單純得像個傻瓜，
自己在那邊心虛。

欸……

那就跟男友一起住啊，
幹嘛還要去女兒家住？

我男友也有一個女兒，
他現在跟女兒住。

話說回來，我還以為妳會
挨妳老公揍一輩子……

原來還會瞞著我們
偷交男友啊，
很會耶。

那妳現在要怎麼辦？
不跟他走下一步嗎？

得先離婚啊……
現在我老公
一看到我……
可能真的會
殺了我……

妳現在有在工作嗎？

我偶爾會去幫忙我姊姊開的啤酒店。

妳男友有錢幫妳找房子嗎？

他說至少幫我出房子的保證金……
但我說不用了。

妳又沒錢，
哎喲。

如果想要找月租房的話，
得先找一個有穩定收入的工作才行。

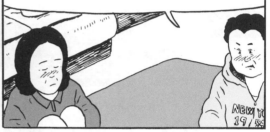

我有幫她介紹工作，
但她說腰痛幹不了。

我幫妳問問認識的人，妳願意做清潔
工作嗎？至少1個月得賺個1百萬吧。

妳自己工作都岌岌可危了，
還有空去擔心別人啊。

被炒魷魚就再找其他地方啊，
有什麼好怕的。

我已經決定
不再為那種事
操心了。

嗝…

操心能解決問題嗎！
只能做多少算多少，
努力工作啊，不是嗎？

小娟上了一個廣播之後變得很有骨氣哪，
真是鐵娘子哪。

對啊，還在 Katalk＊ 自介
上面寫這個呢。

寫什麼？

心胸開闊，命運就會開闊，因而我的人生由我定義！

18. 嚕嚕啦啦

莫名安靜下來的感覺。

我說的是所長和班長對我們的態度……

不曉得我上節目的事傳到這棟大樓的會長耳中之後，他是不是下了什麼命令……

看來我們出招還算是有用的嘛。

不能這樣講，工作的時候還是得繃緊神經。

因為他們現在可能是想要抓我們把柄才這樣的。

哦哦。

我知道了，姊姊明天見。

要遲到了。

如果我有嫁個
正常的老公，
現在也不必受
這種苦……

小孩什麼時候
才要出人頭地，
讓我享清福啊。

我命苦啊。

嗯？

315

姊姊……

嗯。

我要控訴

妳別管我，快進去上班。

我要控訴
我被仲介公司
所長猥褻
害我無法就業
那間所長竟然不把
我希望在沒有他
的職場上工作

玉子姊用一副「不用擔心我」的表情
往其他方向看去。

感覺眼淚突然就要掉下來了，
不曉得該對姊姊說什麼。

317

玉子姊隔天也在大樓面前舉牌抗議。

就算被趕走，隔天也會再回來。

有這種時間的話還不如去別的地方工作吧。

瘋婆子，嘖嘖。

妳以為這樣有用嗎？妳這共匪婊子。

玉子姊的抗議持續了好幾天，於是開始有不知哪來的記者跑來採訪。

318

不是，這樣下去該不會連我們都被牽連到被炒魷魚吧？

哎喲，怎麼會……

有可能啊。如果這裡的會長一生氣，把整個人力仲介工司都換掉的話，

我們的脖子也會跟著……

喀嚓

的確有可能，創了工會，還有所長的問題……

就是啊，都誰害的啊，煩死了。

工作就安分一點啊，幹嘛還……唉。

妳怎麼說這種……

坐下。

我們就不要
惹事了。

這裡薪水比其他地方多，
交通也比較方便吧。

老實說
要找到這種工作
已經不容易了。

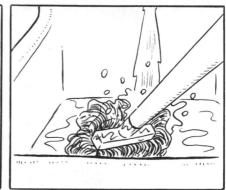

現在被
解雇的話，
我得去哪
找工作呢…

姊姊。

班長叫我們
趕快集合。

會長已經決定
更換仲介公司
了。

真的嗎？

那我們怎麼辦？

那不用擔心，
已經說了只會更換
仲介公司，
但會繼續讓我們
在這工作。

呼，幸好。

那個姊姊還真厲害，結果最後所長被炒魷魚了。

真是！

在仲介公司換掉之前，請各位不要多嘴好好工作。

化妝室
TOILET

姊，那玉子姊也會回來工作嗎？

難說……
我們也得再
多徵一些人，
順利的話
搞不好可以。

問題是班長以後不曉得會怎麼對我們。

總之所長被解雇真是太好了，哈哈。

322

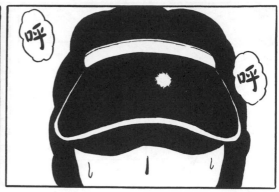

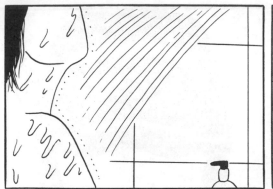

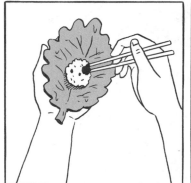

上班的時間到啦。

震動

媽我匯了 110 萬，
10 萬妳就當零用錢，
下個月 10 號我會再匯
100 萬。

好，謝謝。
你要泡菜
就跟我講。

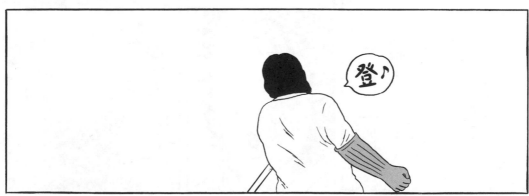

妳在幹嘛啊哈哈。

什麼事讓妳心情這麼好？

人生就是要過得正面一點啊。

所長也滾蛋了～

得回家煮明天
要帶的便當菜色……

19. 媽媽們

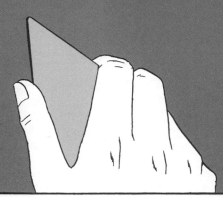

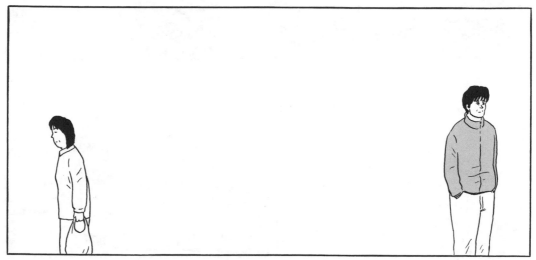

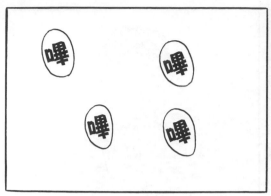

吃過飯再走吧。

好，
我要吃。

欸。

那天我在公車站
碰巧遇到叔叔，

我們兩個就互相點個頭，
就分開了。

…看來現在真的已經
結束了。

徹底結束了啊。

吸入

這味道怎麼會
這樣啊。

放了對身體好的
東西啦。

喂，你周圍沒有什麼
有錢的男人嗎？

妳真是。

有錢的男人幹嘛跟妳
交往啊媽。

講一講而已，
你這小鬼。

偶然在公車站遇到他之後,時間飛快地流逝,我又多長了一歲。

離花甲之年也沒剩多久啦。

在那期間,我周圍一點一滴地改變了很多。

妍順用交友軟體認識了小她4歲的男人。

就這個啊,現在的時代不一樣了。

還真是什麼都有啊。

一開始只是很寂寞又無聊,隨便玩玩看的,沒想到意外有趣啊。

我們滿聊得來,看他照片臉也是我的菜,就約見面了。

我要看照片。

就是這個人。

還像個魔女般把鼻子墊高了。

338

他是做什麼的？

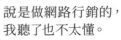

說是做網路行銷的，
我聽了也不太懂。

妳該不會又再被詐騙了吧？

這次絕對不可以借他錢喔。

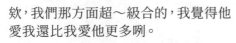

欸，我們那方面超～級合的，我覺得他
愛我還比我愛他更多咧。

妳這女人，
講一些五四三。

呵呵呵。

339

明玉還是一直跟她的記者男友交往。

沒被老公發現，很順利嘛。

嗯他應該已經知道了吧。

妳最近跟妳男友是有什麼問題嗎？

沒啦……

妳臉上都寫得一清二楚，什麼沒有。

欸，

這個
我只跟妳
說喔。

妳不要跟
別人講。

好，
怎麼了？

我已經超過
1個月沒跟我
男友做了。

愛撫也跟以前不一樣……

哇咧妳這蕭查某。

所以我最近
就在懷疑他……
是不是在跟
以前拿了
訂婚戒指那個
女人見面。

妳真是得了便宜
還賣乖啊。

慶雅的老公則是因爲心臟病過世。

小娟啊，
之前是我做錯了。

希望妳可以
原諒我……

唉，妳那時爲什麼
要那樣呢。

我那個時候太寂寞所以人也怪怪的……

嗯，妳老公走得突然，妳也很辛苦……

過去的事我們就忘了吧。

謝謝……

我們現在說好，朋友之間沒有祕密囉，

大家互相幫忙吧。

也不瞧瞧自己的鼻子＊。

＊譯註：說謊的人鼻子會變長。

妳工作的問題怎麼樣了？

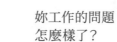

工作？

我被之前的公司解雇了。

我是負責管理工作的新任所長。

燕貞姊和我因為是主導成立工會的人，所以沒有被續約。

怎麼會這樣……

妳好好工作。

我們沒事的。

燕貞姊經人介紹開始了超市的工作，

請試吃看看～

我則是被玉子姊介紹到她的新職場上班。

這位是我之前提過的妹妹。

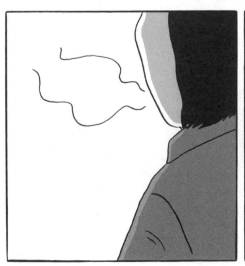

小娟啊，
先休息一下吧。

這裡的工作還算能
消受吧？

清潔工作都差不多
這樣嘛。

妳孩子們
過得好嗎？

我大女兒
現在有小孩了，
過得不錯，

大兒子說要做生意，開了一間店，
大概就過得去吧。

妳小兒子呢？
說是在做
音樂嗎？

345

小兒子
在補習班教書，
我有借他錢
付全租保證金，
他每個月
都有還我
100 萬。

那很好嘛，
妳的孩子們都
養得很好。

最近經濟
也不景氣，
只要能平凡地
去上班賺錢生活，
就已經算是
盡孝了。

是啊，
姊姊妳兒子
不是也在
大企業
上班嗎？

大兒子是自己賺錢生活過得很好
沒錯，

但我小兒子都 35 歲了，還在家裡
準備考公職，一直沒上班。

之前我問他說
直接去上班賺錢
不是更好嗎，

這傢伙就在那跟我
大小聲，還甩房間門，
氣到敲牆壁呢。

346

所以我今天早上就想跟他談談，
他什麼都不肯說就關在房裡。

哎呀……會好的啦。
姊，不是有句話這樣講嗎。

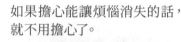

如果擔心能讓煩惱消失的話，
就不用擔心了。

至少在這邊工作不用出錢
買年節禮物，還不錯啦。

就是說啊。

奶奶，祝您新年快樂～

好～我們藝瑟要
認真上學、健健康康，
新年快樂哦～

來。

哇塞～

我女兒變有錢人啦～

妳用這個錢買一件衣服給媽媽好不好。

嗯？

嗯……我要存起來買筆電啊……

用那些錢不夠啦～

不夠？

等藝瑟上國中奶奶就買給妳。

弟弟們都來過了嗎？

來什麼來。就待一下都跑去找他爸了。

這是我上班的地方發的年糕，妳吃吃看。

我小時候在市場玩啊，不小心從很～高的地方摔下來，

然後掉在黃豆粉糕上，人都沒事妳記得吧。

所以當時那些年糕都賣光光了。

媽，
不是說我後面
還有兩個
女孩子嗎？

聽說她們都還小的時候
就沒了。

不要講那些啦，嘖。

因為她們都是在家裡
生的才會那樣。

你們都是在醫院生的。

比起弟弟，我還更想要妹妹呢。

妳怎麼隨便就講這種話。

因為我跟妳很像啊。

350

這個妳也要帶嗎？

都要，
我要帶回家吃。

不會又沒吃完結果通通丟掉吧？

妳捨不得
給女兒吃
是不是？

不是啊，如果跟上次一樣都丟掉很浪費啊～

不會丟掉啦！

女孩子
脾氣怎麼
這麼暴躁。

還怕人家不知道
妳是我女兒呢……

我以前也是回娘家跟媽媽
要這要那的……一模一樣啊。

這位是從今天開始工作，各位認識一下吧。

姊，那女的
怎麼會來這啊？

這到底是怎麼一回事呢？
結果我跟前公司那邊問了一下，

班長要到我們
這邊上班耶，
妳們那發生
什麼事了？

聽說班長每次過節都跟大家收禮金，
結果自己私吞公款被抓到了。

怎麼
好巧不巧
跑去姊姊
妳們那裡啊。

我知道了，
那先
這樣吧，
謝啦。

姊。

妳有辦法跟班長一起工作嗎？

…先什麼都別說，觀察一下吧。

就算會尷尬也是她尷尬啊。

果不其然，過了幾天之後，她自己先提出要跟我們談談。

既然事已至此，大家就不要處得這麼尷尬了吧。

喂！

妳現在有資格說這種話嗎？

妳給我
識相一點。

不是，我只是說要
好好相處而已……

媽的
妳這婊子。

妳在那就是坑了年節禮金
才被解雇的，以為我們
不知道啊？

吞口水

以後妳要是
敢在我們面前
礙手礙腳，
我就昭告天下
妳是小偷。

走吧，
小娟。

我第一次聽到妳
罵髒話耶，姊。

哇我覺得好爽喔。

妳不要表現
太明顯啦。

姊姊真是有魄力。

哈哈

我們準備
上工吧。

時間過得
這麼快啊？

嗯？

花店女

我有事想跟妳商量一下…

好久不見。

什麼事居然要找我商量⋯⋯

我跟他在一起，
不曉得花了多少錢，

結果他只會說不幫他
開花店就分手，

我的意思只是說景氣不好，
做生意要謹慎一點，

他都不懂
我的心情……
不知道啦。

世界上的男人
又不只他一個！

捶

對不起之前冒犯妳……要是妳願意
偶爾陪我商量就好了。

好啊，可以。

碰

我們從那天開始決定當朋友了。

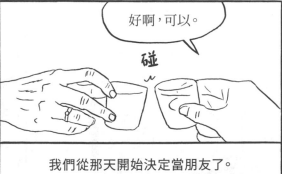

喂？

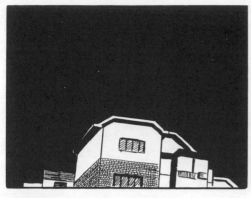

小娟啊妳要聯誼嗎？

我有認識一個男的，聽說他想要再婚。

姊，我沒有要再婚啦，
都有孩子了。

不過姊
妳自己也沒有，
幹嘛還要介紹
給我啦～

我交男朋友了。

真的嗎？

是在哪裡認識的啊？

我工作的超市。他負責海鮮區的，離過一次婚，就工作的時候看對眼了。

哇姊姊的春天來了～

小娟啊，戀愛以後真的不一樣。

感覺世界看起來都變美好了。

哈哈

所以妳要介紹給我的男人是誰？

是我男友的朋友，聽說他也離過一次婚。

交男友很麻煩耶，又怕見面之後彼此不滿意，也滿討厭的。

不行的話就當個偶爾一起喝酒的朋友啊，對吧？

他是做什麼的？

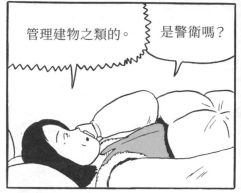

管理建物之類的。 是警衛嗎？

好像叫「消防管理」，說是警衛他會不高興。

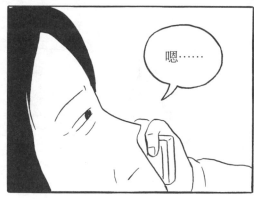

嗯……

錢之類的我是不需要……

應該不是禿頭凸肚，還很矮的男人吧？

哈哈哈。

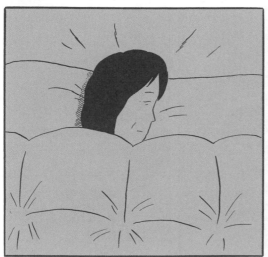

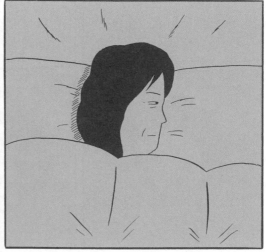

兩個兒子現在都能應付自己的生活，
就等他們結婚了……

大女兒則說要是她家全租漲了，
讓我幫忙一下。

我自己都沒錢養老了……

唉，不管啦。那是他們自己的人生。

這棟房子如果要翻修，
沒錢就慘了……

還是要把這裡賣掉
回鄉下去呢……

尾聲

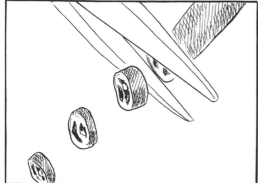

作者的話

　　我是在 20 幾歲的尾巴開始獨立生活的。慚愧的是，我也是到那時才明白，家事究竟有多麼累人又麻煩。每次做著瑣碎的家事，就會對媽媽深感歉意，而這份抱歉讓我開始靜靜地觀察起媽媽。於是突然覺得創作一本以媽媽為主角的漫畫，應該很有趣才對。果真是「驀然回首，那人卻在燈火闌珊處」啊。於是我把筆記本和筆交給媽媽，說「想要妳兒子成功的話，就在這裡把媽媽的人生、媽媽的朋友們和戀愛故事誠實寫出來」，還在筆記本上寫了「從現在開始媽媽就是作家了！」。連筆記本也刻意挑了比較高級的樣式給她。媽媽在不到一個月的時間裡寫了不少字數。最後在她嚷嚷著寫不下去了交回來的筆記本上，密密麻麻都是媽媽每天寫下的毫無頭緒的故事。媽媽的文字像是對自己人生的告解，也像是寫給兒子的信，所以總是以對人生的後悔、決心，和炫耀子女等類似的內容作結。媽媽給了我旋律和最重要的歌詞精髓，我負責將其整理刪減過後寫成歌公諸於世。我個人在畫這本漫畫的時候，似乎比以前更能理解媽媽的人生了。雖然從前曾經用不夠良善的角度看待全國無數的登山客大叔和大嬸，還有聚餐時在辣燉鮟鱇魚餐廳之類的地方大聲吵鬧談笑的長輩們，但現在會想，或許他們就是我們未來的樣子也說不定。

這篇「作者的話」原本應該由媽媽寫下的，有種我在幫她代寫的感覺。其實媽媽現在還是會跟我分享她和男友吵吵鬧鬧的小插曲，或者工作上發生的事，偶爾也會用 KakaoTalk 傳一些標題叫作「雙面女人」之類的文章給我。每次收到的時候我都不禁想，要是媽媽跟我出生在同一個時代，那她可能也會當上漫畫家吧。人們總是希望自己的故事被人聆聽、被人理解，於是會想要出版自傳，從這點看來我也算是出生以來第一次盡了所謂的孝道吧。當然站在媽媽的立場來看，可能會覺得怎麼連這種瑣碎的小事都畫出來，大概會覺得很丟臉吧……

　　希望媽媽在讀的時候可以開懷大笑就好了，要是有某位別人的媽媽也能如此看待，我更是別無所求了。

2015 年 10 月 馬榮伸

媽媽們

清潔工媽媽與她們的第二人生

엄마들／Moms

PaperFilm FC2086

一版一刷　2023年8月

作　　　者	馬榮伸（마영신）
譯　　　者	徐小為
責 任 編 輯	陳雨柔
封 面 設 計	馮議徹
內 頁 排 版	傅婉琪
行 銷 企 劃	陳彩玉、　林詩玟

發 　行 　人	凃玉雲
總 　經 　理	陳逸瑛
編 輯 總 監	劉麗眞
出　　　版	臉譜出版
	城邦文化事業股份有限公司
	台北市民生東路二段141號5樓
	電話：886-2-25007696　傳眞：886-2-25001952

發　　　行	英屬蓋曼群島商家庭傳媒股份有限公司城邦分公司
	台北市中山區民生東路141號11樓
	客服專線：02-25007718；25007719
	24小時傳眞專線：02-25001990；25001991；
	服務時間：週一至週五上午09:30-12:00；下午13:30-17:00
	劃撥帳號：19863813　戶名：書虫股份有限公司
	讀者服務信箱：service@readingclub.com.tw
	城邦網址：http://www.cite.com.tw
香港發行所	城邦（香港）出版集團有限公司
	香港灣仔駱克道193號東超商業中心1F
	電話：852-25086231
	傳眞：852-25789337
新馬發行所	城邦（馬新）出版集團 Cite (M) Sdn Bhd.
	41-3, Jalan Radin Anum, Bandar Baru Sri Petaling,
	57000 Kuala Lumpur, Malaysia.
	電話: +6(03) 90563833
	傳眞: +6(03) 90576622
	讀者服務信箱 :services@cite.my

ISBN　978-626-315-364-6

售價：450元 （本書如有缺頁、破損、倒裝，請寄回更換）